종이 위의

행복한 여행과 되시기를!

김 성 중

두더지 인간

두더지 인간

김성중

위즈덤하우스

차례

* 제목과 더불어 교수의 뉴욕 지하도 생활 부분은 제니퍼 토스의 논픽션 《두더지 인간들》(메멘토, 2015)에서 영감을 받았음을 밝혀둔다. 이 책은 터널 노숙인을 다룬 것으로 소설의 내용과는 관련이 없다.

개정판 서문에 앞서

이 책의 초판이 인쇄된 것은 34년 전의
일이다. 당시의 나에게 훗날 이 책의 개정판이
나올 것이라는 말을 들려주었다면 콧방귀를
뀌지 않았을까.《빛도 없이, 어둠도 없이》를
낸 이후 나의 생은 이 책을 잊기 위한 분투나
다름없었다. 그럼에도 단 하루도 잊어본 날이
없다. 발굴되지 않은 다섯 친구들의 자몽만 한
머리뼈도. 부두교 주술 인형처럼 변한 그들은

내 꿈속으로 스며들었다. 나는 살았고, 그들은
죽었다. 나는 떠났고, 그들은 남았기 때문이다.
신께서 인간마다 동일한 사랑의 주머니를
나눠준 거라면 나는 모든 사랑과 우정을
동굴에 쏟고 올라왔으므로 그들을 잊을 수
없다. 그러나 돌이켜보면 죽은 자들을 벗 삼아
살아가는 내 인생 또한 반쯤 죽어 있는 것이
아니었나 싶다.

　　출판사로부터 개정판을 내자는
연락을 받고 가장 먼저 떠올린 것도 동굴
친구들이었다. 내가 썼던 책이 거짓은
아니지만 그렇다고 진실도 아니었으니까.
그런데 그들이 허락할까? 개정판을 내는
것이 혹여 친구들의 평온한 잠을 깨우는
것은 아닐까? 나는 말라버린 기억의 우물을
들여다보며 묻는다. 출판사에서 보내준 20년
전 초판을 펼쳐 들자 나 자신의 화석을 보는

느낌이었다. 편집자가 윤문을 했다는 것은
알고 있었으나 몇몇 단락은 뭉텅이로 빠졌고
새로운 묘사가 추가되었으며 나라면 절대로
입에 올리지 않을 적나라한 표현도 눈에
들어왔다. 그럼에도 이 부끄러운 책을 낸 것을
후회하지 않는다. 판권을 팔아 인생의 두 번째
장으로 향하는 뗏목을 마련할 수 있었으니까.

그러나 죄에 비해 벌을 적게 받으면 다른
값을 치러야 하는 법이다. 무신론자들의
신, 양심이란 벌 떼가 귓가에서 윙윙대기
때문이다.

인생의 1막

'아버지는 한 직장에서 오래 근속하신
분이다. 어머니도 항상 집에 있었다. 두 분
다 말수가 적어 집 안은 대체로 조용했다. 네

살 차이가 나는 언니는 존재만으로도 의지가
됐다…….'

　　이 문장은 교묘한 위장을 보여준다. 특정
요소를 빼버리고 중립적으로 탈색한 한때일
뿐이니까. 사실 우리 집에서 이런 순간은
드물었다. 아버지는 무식하고 상스러웠다.
생활비를 버는 것을 화를 낼 수 있는 권리처럼
여겨 가족들을 들들 볶았다. 어머니는 대충
살다 얼른 파국을 맞기 바라는 사람처럼 한번
만들어진 질서를 바꿀 꿈도 꾸지 않았다.
폭력의 전조가 보이면 언니는 나를 버려두고
재빨리 도망쳤다. 이런 야만적인 생태계에서
최약체인 내가 생존할 수 있는 전략이
뭐겠는가? 훗날 '과잉각성상태'라는 용어를
접했을 때 나는 내 유년기를 정확히 압축할
수 있어 기뻤다. 지금까지도 나는 눈치를 보며
말을 빙빙 돌리는 버릇을 고칠 수가 없다.

새로 온 보건교사는 사흘에 한 번꼴로
보건실을 찾는 아이에게서 학대와 방임의
흔적을 발견했다. 하지만 상담을 받아보라는
말 따위는 하지 않고 침대를 내주며 푹 자라고
전기장판의 온도를 올려주었다. 빵을 먹이고
비타민을 주었다. 한마디로 별말 없이 나를
지켜봐주었다. 누군가가 쳐다보면 사람이
자랄 수 있다는 것을 그때 처음 알았다.
선생님은 췌장암으로 이른 죽음을 맞이했지만
이후로도 내가 모범생으로 살아간 것은
그녀에 대한 충성 서약이었다.

고등학교 생활은 쉬웠다. 모든 것이 입시
위주인 지옥이었지만 난 지옥이라면 이골이
났었으니까. 다만 아르바이트를 하면서 좋은
성적을 유지할 수는 없었다. 여러 종류의
장학금을 타진하다 종교 재단을 접했고
정통이 아닐수록 더 많은 이점이 있다는

걸 알아냈다. 부모님이 용돈을 주지 않아도
살아갈 수 있는 방법이 거기 있었다.

그러나 '한마음진리회'의 56개의 기도문과
23개의 경전을 다 외우면서도 신을 믿지는
않았다. 신이 있다면 천사나 다름없는 나의
보건교사를 그렇게 빨리 데려갈 리 없기
때문이었다. 고통을 주는 신에게 매달리는
사람들이 도리어 신기했다. 그들이야말로
신에게 화를 내고 따져 물어야 할 사람들이
아닌가.

어떤 아이가 사랑이 없는 곳에서 자라야
한다면, 그 아이에게 아무도 모르는 내면이
있고 거기에 자신이 통과한 세계를 옮겨
놓는다면 10대의 내 일기장과 비슷하지
않을까? 모든 문장에 날이 서 있었다. 분노와
서글픔, 자기 영역을 갖지 못한 야생동물의
조심스러운 보폭과 경계심이 느껴졌다. '자기

영역'이란 한 존재가 사랑을 느낄 수 있는 장소와도 같은 것이다. 동물은 취약할수록 높은 음을 낸다고 한다. 도서관에서 소리 죽여 울 때 내가 그랬을 것이다.

내가 똑똑했던 것은 가족이 무능했기 때문이었다. 나는 답답한 부모를 대신해 기초 수급자에 어떻게 선정되는지, 생계 지원금을 어떻게 타는지, 장애인 등록증을 어떻게 받는지 기관에 알아보고 공적 서류를 대신 작성했다. 돈 몇 푼 타기 위해 부모의 무능함을, 가망 없음을, 뻔뻔함을 증명하는 서류들을 준비하는 것이 처음에는 수치스러웠다. 하지만 나중에는 행정학과에 지원할 정도로 아무런 감정 없이 서류를 대할 수 있었다.

동네에서 내 평판은 '신뢰할 수 있는 아이'였다. 반면 가족들은 자신이

골칫덩이라는 걸 입증하지 못해 안달이었다.
언니는 일찌감치 가출해 소식이 끊어졌다.
고3 여름방학에 부모가 한꺼번에 세상을
떠났을 때 나는 복잡한 슬픔에 빠졌다.
어머니가 불을 냈고 아버지가 빠져나오지
못했다. 그것은 사고였을까, 복수였을까. 더
큰 충격은 내 기도가 이루어졌다는 것이다.
나는 폭력적인 아버지만큼이나 무기력한
분노를 나에게 쏟아내는 어머니도 싫었고
그들이 내 인생에서 사라지기를 항상 바랐다.
이렇듯 응답을 받았으니 진짜로 신이 있는
것인가. 그런데 기도가 아닌 저주에 응답하는
존재라면 그것은 신인가, 악마인가.

사이비 교회와 젊은 날의 방황

대학 생활이 시작되자 한 번도 겪어보지

못한 곤란이 기다리고 있었다. 지긋지긋한
가족이었지만 그들이 사라지자 처리할
무언가가 없는 상태가 막막하게 다가왔다.
자유는 연속적인 감각이 아니었다. 자기
착취에 길들여진 나는 공강 시간이 가장
괴로웠다.

　　　마음에 구멍이 뚫려 있는 사람은
중독에 쉽게 빠진다고 한다. 어떤 사람은
술에 빠지고 어떤 사람은 도박에 빠진다.
더 이상 불행하지도 바쁘지도 않은 나는
종교 활동으로 시간과 의무감을 채웠다.
무신론자면서 종교 중독자였다고 할까.
종교를 비즈니스로 간주했기 때문에 더 많은
상품을 비교할 필요가 있었다. 원래 다니던
한마음진리회에서 영업을 강요하자 거리를
두기 시작했고, 대신 작고 친밀한 교회 가운데
하나를 골라 정착했다. 교리는 엉성했지만

이런 사람들이야말로 내게는 가족처럼
익숙했다. 물론 교회에 딸린 숙소에서 먹고 잘
수 있다는 계산도 한몫했다.

　　목사님은 3만 3천 명이 채워지면 우리
모두 하늘로 들려 크나큰 보상을 받게 될
것이라고 설교했다. 아름다운 목소리를 가진
목사님의 설교는 내용보다 풍성한 발성과
리듬이 더 중요했다. 목사님은 노래하듯
장시간 설교하며 집 나온 어린양들의 마음을
달래주었다. 그러나 다른 것도 달래주다가
사달이 났다. 교인들의 눈에 씌인 콩깍지가
벗겨지기도 전에 목사님의 아랫도리가
먼저 벗겨진 셈이다. 이단의 플롯은 대체로
비슷하다. 지식 수준이 낮고 불우한 어린
시절을 보내 박해 망상에 빠져 있던 사람에게
목사가 온갖 비유로 종말과 구원의 카드를
내민다는 이야기. 돈과 성에 대한 말이 돌면서

분위기가 뒤숭숭해졌지만 나는 흔들리지 않았다. 내게 필요한 것은 오래전에 죽은 청년 예수가 아니라 교회에 딸린 방 한 칸과 무식하고 정 많은 사람들이었으니까.

결정적으로 교회에 코로나가 덮쳐 와 감염자가 대거 발생하자 흔들리던 둥지는 완전히 난파당하고 말았다. 목사님이 '코로나는 신이 주신 징벌'이라고 설교했는데 얼마 후 본인이 징벌을 받게 된 것이다. 믿음에 금이 간 신도들은 뿔뿔이 흩어졌고 내 손을 잡아주는 사람은 아무도 없었다.

나에게는 대학 친구도 없었다. 사이비 교회에 빠진 우중충한 괴짜로 낙인찍혀 학우들과 멀찌감치 떨어져서 지낸 탓이었다. 감옥 같은 학교나 통제적인 목사의 질서 속에 묵묵히 살아가는 것은 어렵지 않았다. 적응이야말로 내 삶의 모토였으니까. 나는 복종, 규율, 과묵함을 제2의 천성처럼 여기며 살아왔고 이 가면을 오래 쓴 나머지 원래의 얼굴은 잊어버렸다.

그런데 감당하고 복종할 것이 사라지고 교회마저 붕괴되자 오랫동안 눌러왔던 자살 충동이 고개를 들었다. 혼자 남겨질 때마다 그 목소리는 이렇게 속삭인다. 모든 것에서 벗어날 간단한 방법을 알지 않느냐고. 그러고는 내 인생의 분투를 이렇게 정리한다. **'앓느니 죽지.'**

"죽느니 앓는 게 낫지." 보건교사는 반대로 말해줬다. 앓는 소리가 백번 나오니 얼마든지 징징거리고 씩씩하게 살라는 말이었다. 그러나 그녀는 저세상에 있고 나는 다른 사람 아닌 바로 그에게 가서 징징대고 싶었다. 틀어박혀 지내다가 간신히 휴학계를 냈다. 뻣뻣하고 분발이 없는 상태. 책 속에서 우연히

마주친 이 문장이야말로 지금의 나를 가장 잘
표현하는 것 같다. 스물한 해 동안 팽팽하게
감아쥔 고무줄이 마침내 끊어져버린 것이다.

문지기 탈리아를 만나다

또 다른 책 속에서는 이런 문장을 캐 왔다.
'삶에는 기원이라 부를 수 있는 순간들이 여러
번 있기 마련이다.'
내게 중요한 분기점이 된 순간은
탈리아를 따라 지하로 내려가기로 결정했을
때였다. 이전 자아와 이후 자아가 완전히
달라지는, 지금의 나로 살아가는 정체성의
기원과도 같은 순간이었다.
탈리아는 아메리카 한복판의
국립공원에서 만났다. 그전에는
키부츠에서 일했다. 일반 교회에 다니던

내 동기가—친구라고 부르기는 어려운
사이지만—이곳을 소개해주었다. 사이비
종교에 빠진 나를 구하려는 목적이었을
테지만 일단 거기까지 가면 어떻게든 일을
매칭시켜 준다는 말만 믿고 모든 것을
긁어모아 텔아비브행 편도 티켓을 끊었다.
죽더라도 이 지긋지긋한 땅에서 죽기는
싫었기에 가능한 결단이었다.

농장에 가보니 내가 원하는 것들이
다 있었다. 공동생활과 규칙, 매일의 노동,
아무도 나를 모르는 곳에서 나 자신을 리셋할
기회. 영어로 말하는 나는 어쩐지 다른
사람 같았다. 부족한 언어 대신 웃어넘기는
버릇 탓에 인상도 훨씬 밝아졌다. 달러가
쌓였고, 남자 친구도 생겼다. 나는 새로운
배역을 맡아 연기를 하는 것처럼 새로운
생활에 잘 적응했다. 나는 이런 것을 원했다.

이전과 다른 나로 살아가는 것. 고국에서도 뿌리내리지 못하기는 마찬가지였기에 외모부터 아예 이방인인 지금이 훨씬 자연스럽게 받아들여지는 것 같았다. 미숙함과 낯가림이 기질이 아닌 적응의 문제로 이해되는 것 또한 즐거운 경험이었다.

나를 주연으로 하는 사소한 연애 사건도 있었다. 함께 배낭여행을 하기로 한 남자 친구가 말없이 떠나버린 것이다. 그에게는 또 다른 연인이 있었다. 고국에서도, 이 키부츠 농장 안에서도. 그저 동양 여자라는 액세서리가 필요했을 뿐이었다. 배신감을 느꼈지만 한편으론 웃음이 나왔다. 마침내 또래 여자들처럼 화를 낼 수 있는 기회가 생긴 것이다. 연인에게 배신당하고 화를 내는 모습은 평범한 젊은 여자 같지 않은가!

나는 젊음을 연기하는 늙은이가 된

기분으로 혼자 길을 떠났다.

내가 개미굴에 들어갈 수 있었던 것은
신의 주사위 놀이 덕분이었다. 그 주사위는
한 번밖에 던질 수 없고, 어떤 숫자가 나오는
것은 순전히 우연에 불과했다. 그리하여 몇
번의 주사위가 굴러간 끝에 나는 문지기를
만났다. 생태학 석사를 가진 붉은 얼굴의
백인 여자. 비대칭 헤어스타일에 구겨진 카고
바지, 나달나달한 리넨 셔츠 차림의 그녀는
국립공원 바깥쪽에 자그마한 오두막을 가지고
있었다.

탈리아는 도보 여행을 하다 탈수에 빠져
쓰러진 나를 구조했다. 그녀의 오랜 친구였던
야생 여우가 죽은 다음 날이었다. "난
애니미즘을 믿어." 뜨거운 수프를 끓여주며
그녀는 이렇게 말했다. 인간과 동물은 다르게

생겼지만 영혼은 같은 거라고 말했다.

"과학자로서 할 말은 아니지만." 인종은 달랐어도 어딘가 보건교사와 닮아 보였는데, 아마도 조건 없이 나를 돌봐주었기 때문일 것이다.

겨우내 탈리아의 오두막에 머물며 잡일을 도왔다. 눈 덮인 세상 속에서 2인 1조로 있는 것, 다시 누군가와 함께 지낸다는 것만으로도 평화로운 나날이었다. 야생동물의 개체 수를 파악하고 탈리아의 표본들에 감탄하며 인적이 끊긴 국립공원의 고요한 겨울을 즐겼다.

봄이 되자 이별이 임박했다. 탈리아는 당연히 대학으로 돌아갈 것이다. 나는 앞길이 막막했다. 한국에 가서 다시 학교를 다니고 새 교회를 물색해야 할까? 그러나 화분에 뿌리가 꽉 차면 분갈이가 필요한 것처럼 이대로 돌아가기엔 비대해진 자아가 문제였다.

"헤어지기 전에 함께 여행이나 할까?"

탈리아가 이렇게 제안했을 때 거취를
고민할 시간을 미룰 수 있어서 우선 좋았다.

그녀와 오두막을 깨끗하게 비우고 대륙을
가로지르는 여정을 시작했다. 히피들을
케어해주는 곳에서 하룻밤을 보내거나
노지에서 캠핑하는 일도 다반사였는데,
탈리아는 이런 일에 이골이 나 있었기 때문에
최소한의 비용으로 이동해나갈 수 있었다.

사막에 이르렀을 때 '캠프'에 관한
이야기를 들었다. 처음에는 탈리아의
흥미로운 과거사 중 하나라고만 생각했다.
자연 속에서 혼자 지내는 것을 좋아하는
그녀는 명상에 조예가 깊었고, 20대부터 여러
장소를 다니던 와중에 특별한 곳을 발견했다.
그때부터 지금까지 몇 년에 한 번씩 들어가
수행한다는 것이다.

"간헐적 단식처럼 마음도 주기적으로 비워주는 거지."

우리는 황무지의 바위산에서 하룻밤을 보내는 중이었다. 이곳의 경이로운 오렌지빛 일몰을 보여주고 싶다며 사람 그림자 하나 없는 외진 곳으로 나를 이끈 것이다. 암석 사이의 아늑한 동굴을 찾아낸 그녀는 익숙한 솜씨로 모닥불을 피워 안쪽의 습기를 날리고 잠자리를 만들었다.

"그곳은 다른 세상이야. 덥지도 춥지도 않고 변덕스러운 세상과 달리 항상 일정하거든."

탈리아는 나뭇가지의 위치를 바꿔 만족스러울 때까지 불의 크기를 조정했다. 동굴 벽을 아늑하게 물들이며 탈리아는 '명상 캠프'에 관한 이야기를 이어나갔다.

캠프는 지하의 천연 동굴 속에 있었다.

초창기의 수행자들은 구석기 혈거인처럼
지냈지만 20년간 개척하고 다듬으면서
지금은 쾌적하게 명상을 즐길 수 있다고 한다.
그녀는 이 여행이 끝나면 캠프에 가서 오랜
친구들과 만날 것이라고 했다. 당장이라도
나를 놔두고 떠날 것 같아 불안감이 일었다.
그래서 묻지 않을 수 없었다.

"분명히 말해주세요. 우리 여행이 지금
끝나가는 건가요?"

그녀는 즉답을 피하고 개구쟁이같이 빙긋
웃었다.

"내가 재미난 얘기 하나 해줄까?"

그녀는 벌떡 일어나 동굴의 막힌 부분과
바닥을 손끝으로 더듬었다. 그리고 이끼와
이끼 사이의 갈라진 틈을 찾아내더니 나를
바라보며 말했다.

"캠프는 바로 이 아래 있어."

그때까지도 나는 우리가 하룻밤을 보내는 이 동굴이 '1층'에 해당하는 것인지 알지 못했다. 앞은 탁 트여 있고 뒷부분은 우묵하고 막혀 있어서 하룻밤 보내기에 좋은 장소라고만 생각한 것이다. 겉보기에 작고 대수롭지 않은 이 동굴은 공항으로 치면 비행기가 도착하는 곳이었다. 탈리아가 진짜 캠프는 지하 2층부터 시작된다고 말했다.

"튀르키예에 비슷한 지대가 있지. 카파도키아의 데린쿠유라는 곳이야."

탈리아는 배터리가 한 칸 남은 스마트폰을 꺼내 한 곳을 검색해 보여주었다. 내가 본 사진은 버섯처럼 솟아난 암석 지대 위로 열기구가 뜨는 관광지의 풍경이었다. 데린쿠유는 교회와 와인 저장고까지 갖춘 대규모의 지하 도시로, 사람이 많을 때는 3만 명까지 수용했다고 한다. 화산이 굳어져

만들어진 이 지대는 바위가 단단하지 않아
어디든 캐면 그대로 굴이 되었다는 것이다.
비가 오지 않아 한번 팠던 모습이 그대로
유지되기 때문에 긴 시간을 두고 도시가 될
때까지 확장할 수 있었다.

"비슷한 게 이 아래에 있다고요?"

"우리는 아주 작아."

그녀는 내일 아침 버스가 다니는 곳까지
나를 데려다주고 자신은 이 동굴로 돌아올
것이라고 말했다. 만약에 생각이 있으면
자신과 함께 캠프를 방문해도 좋다고
덧붙였다.

"2층에서 지내다가 떠나고 싶으면 언제든
버스가 다니는 곳까지 데려다줄 거야."

이 말은 비단 끈처럼 부드럽게 나를
채웠다. 구속이자 유혹, 드물게 주어지는
초대장임을 본능적으로 감지할 수 있었다.

짧은 순간 나는 먼 미래에 가 있었다.

구체적이진 않으나 순수한 예감 덩어리로

이루어진 미래. 다른 삶으로 옮겨가 새로

시작하는 내 모습이 얼핏 지나갔다. 훗날

교수가 설파했던 '거부-호기심-혁신'이라는

자기 변형의 과정은 이미 이루어지고 있었다.

　　얼핏 듣기에 '캠프'는 이색적인 무료

숙소에 지나지 않았다. 여행을 다니면서

극단적인 환경론자나 요기니들을 더러 접했기

때문에 비슷하지 않을까 싶기도 했다. 그러나

이런 말들은 내가 나에게 둘러대는 변명일

뿐이었다. 나는 스스로를 설득하고 있었다.

무료 숙소라고 생각하고 며칠만 지내다

오자고. 물론 위험할지도 모른다. 탈리아를

깊게 신뢰하지만 따지고 보면 그녀는 몇

달 전까지만 해도 전혀 모르던 타인이었다.

그런데도 나는 결과를 정해놓고 합리적인

구실을 찾으려 애쓰고 있었다. 언제 죽어도
상관없다는 마음과 탈리아에게 생겨난 애착
때문일 것이다.

　내가 동행하겠다고 하자 탈리아는
돌무더기 사이에서 표식을 찾아냈다. 주변을
치우자 한 사람이 들어갈 만한 입구가 나왔다.
우리가 머문 동굴은 겉보기와 다르게 막힌
것이 아니라 계속 이어져 있었다.

　그녀가 건네준 헤드 랜턴을 쓰고 뒤를
따랐다. 통로가 작아지면서 확연하게 아래로
향하자 조금씩 한기가 들었다. 명상이
아니라 마약을 하는 곳은 아닐까? 탈리아는
정말 생태학자가 맞나? 나를 유괴해 지하에
가둬두고 국제적인 인신매매 집단에 넘기는
거라면? 여기서 도망치면 그녀가 나를
붙잡을까? 탈출한다 해도 혼자서 버스 타는
곳까지 찾아갈 수 있을까? 어둠이 짙어지자

의혹도 그만큼 더 커졌다.

그러는 동안 통로는 점점 넓어져서 여러 갈래로 나뉘고 탁 트인 공간이 나왔다. 공기가 유난히 상쾌했는데 머리 위 천장이 밖으로 뚫려 있어 환기구 역할을 하기 때문이었다. 환기구는 아래로도 통해 있었는데, 가운데에 줄을 길게 드리운 종을 울리자 세 사람이 모습을 드러냈다. 부부로 보이는 중년의 남녀와 여성 한 명이 탈리아를 얼싸안았다.

"이게 얼마 만이야!"

동굴에서 나온 사람들의 옷차림은 특별한 것이 없었고, 아래위가 붙은 작업복이었다. 탈리아가 나를 소개하자 그들은 친밀한 웃음을 지어 보였다.

"모처럼 젊은 분이 왔군."

"수행자가 되기엔 이른 나이 아닌가?"

"우리가 시작할 때도 비슷한 나이였어."

마틴, 에이미, 프리츠, 모두 중년의 백인들이었다. 그들은 자기들끼리 몇 마디 주고받다가 돌아섰다. 우리는 '공용 거실'에 해당하는 곳으로 이동해 허브차를 마셨다. 뜨거운 차와 말린 뿌리채소를 먹으며 원기를 차리는 동안 마틴이 이곳에 대해 개괄적으로 소개해주었다.

4층으로 되어 있는 지하 캠프의 1층은 출입용 로비에 해당한다. 비상시에 탈출하는 문은 총 다섯 개로 지상과 가까운 입구에는 별다른 시설이 없었다. 2층으로 내려가면 작업장과 식량을 수확하거나 가공하는 곳이 있고, 3층에는 식당과 게스트 룸이, 4층에는 명상실과 강의실, 도서관이 있었다. 5층은 넓은 홀 하나로만 이루어져 있는데 한 달에 한 번 모여 단체 수련을 하거나 교수의 말씀을 듣는 강당이었다. 그 아래는 수행자들이

머무는 곳이었다. 수행의 정도에 따라 점점 더 깊은 곳으로 갔다. 거꾸로 자라는 종유석처럼. 나는 손님이니까 게스트 룸에 머물면 되지만, 만약 수행자가 되고 싶다면 스스로 기도실을 만들어야 했다.

"제 손으로 파야 한다고요?"

"처음에는 도와주지만 궁극적으로는 혼자서 완성해야 해. 우리는 각자의 기도실을 '알'이라고 불러. 알에서 다시 태어나길 기다리는 거지."

통기성 좋은 옷으로 바꿔 입은 탈리아는 캠프의 이곳저곳을 안내해주었다. 마지막으로 자신의 알을 보여주겠다고 7층으로 내려갔는데, 가로세로 두 평 남짓한 공간에 좌탁이 전부였다. 그 단출한 가구마저도 방과 일체화되어 있어 굴을 통째로 깎아 만든 것 같았다. 알은 수행의 용도로만 쓰이고,

사람에 따라 하루 한 시간에서 반나절, 혹은
하루 종일에 이르기까지 다양하게 머물렀다.
노동과 명상, 공동 구역과 개인적으로
수행하는 알. 캠프의 시간과 공간은 이렇게
나누어져 있었다. 24시간 내내 알에만
머물면서 완전히 외부와의 교류를 끊는
수행자들도 있는데 그들의 명상을 방해하지
않기 위해 모두가 돌봐준다고 했다.

캠프는 원하는 만큼 머물다가 자유롭게
떠날 수 있었다. 첨단 기업에 종사하면서도
주기적으로 이곳을 찾아 혈거인처럼
생활하다 돌아가는 사람들도 적지 않았다.
실리콘밸리나 월스트리트같이 경쟁이 치열한
곳에서 일하는 사람 중에도 이곳에 알을
만들어 명상을 하는 이가 더러 있다고 했다.

"그럴수록 지상에서의 삶의 질이
높아지니까. 인류의 지혜는 어둠 속에서

두려움과 싸우면서 시작되었지. 인간이 자기의 내면이라는 미로를 들여다보기 위해서는 우선 어둠 속으로 들어가야 해. 큰 지혜는 절대 고독과 은거 속에서만 이룰 수 있으니까."

그 말이 크게 와닿진 않았지만, 일단 게스트 룸에 며칠 머물기로 했다. 굴을 파면서 벽에 빗살무늬를 넣은 덕분에 멋진 구조물 안에 들어와 있는 듯했고, 면으로 만든 침구에서도 습기 찬 냄새는 나지 않았다. 무엇보다 바깥은 한낮에 38도가 넘는 불볕더위인데 이곳은 25도 정도로 선선해서 잠이 잘 왔다.

사나흘쯤 지난 것 같았는데 어느덧 일주일이 흘렀다. 그사이 지하 생활에 완전히 적응이 됐다. 아날로그적인 생활 방식이 신선하기도 하고 소소한 일거리가 끊이지

않아서였다. 저장 식품을 만들고 양탄자
짜기를 배우고 차를 덖는다. 재미 삼아
석회암을 깎아 작은 상자를 하나 만들었는데,
거기에 내 물건들을 수납할 수 있었다. 나는
다른 수행자들과 함께 빨래와 세탁을 하고
과일 병조림을 만들었다. 그사이 탈리아는
한 번밖에 볼 수 없었는데, 그녀가 자신의 알
속에 들어가서 보름간 정화 기도에 돌입했기
때문이었다.

　'탈리아가 나올 때까지만 머물자. 작별
인사는 하고 가야지'라고 생각한 체류는
그녀와 재회한 다음에도 기약 없이 길어지고
있었다. 예비 수행자였던 내가 '서약'에
이르기까지 두 달밖에 걸리지 않은 것을
생각하면 지하에서의 시간이 지상과 얼마나
다른지 새삼스럽게 비교되었다. 어둠은
농밀하고 깊어서, 그 속에서의 시간은

느리면서도 진하고 나의 겉모습과 내면을
바꿔나가기 시작했다.

서약을 하면 캠프의 비밀을 엄수해야
하고, 자신의 알을 파서 40일간 수행하는
과정을 거쳐야 했다. 이 모든 과정은 부드러운
어둠 속에서 이루어졌고 누구의 강요도
없었다. 나는 운명이라는 말을 좋아하지
않는다. 보이지 않는 덫에 걸려든 인상을
주기 때문이다. 그런데도 캠프에 들어가 동굴
생활을 하게 된 것이 나의 의지로만 이루어진
건 아니라는 생각이 든다.

정신을 차려보니 나는 두더지처럼 땅을
파고 있었다.

알 속으로 들어가다

시간이 흐르자 나도 나만의 알을 가지게

되었다. 줄곧 도시에서 자라난 사람에게
처음부터 굴을 파라는 것은 무리였다. 따라서
처음 한 달간 전임자들이 돌아가면서 공동
작업으로 굴의 시초를 놓아주었다. 세 명의
수행자들은 땅을 파기 전 벽에 손을 얹으며
사람에게 인사를 하듯 말을 걸었다.

"괜찮아. 이 아이는 괜찮아."

흙 속의 어둠에 대고 인사를 하는
것이라고 했다. 나를 소개하고 허락을
구하는 형식을 취한 후 본격적으로 작업이
시작되었다. 마틴, 에이미, 프리츠가 초반
작업의 기틀을 다져주었다. 삽을 들고 흙을
파는 그들은 아이스크림을 떠먹는 사람처럼
즐거워 보였다. 나도 그들 사이에 끼어
작업이란 걸 해보았다. 익숙하지 않아 금세
손에 물집이 잡혔지만 공동 노동의 즐거움은
키부츠에서 맛보았던 터라 어색하지 않게

섞여 들었다. 초창기에 내가 있던 공간은 유난히 밝았다. 초심자가 어둠에 겁먹지 않도록 빛을 많이 넣어준 것이다. 전깃불이 아닌 등유 램프였지만 사방에 햇빛 한 점 들지 않는 동굴에서는 엄청나게 밝았다.

초석이 다져진 다음부터는 혼자만의 작업이 시작되었다. 약간의 요령과 악력이 필요했지만 흙은 저항 없이 잘 깨졌다. 흙을 파고, 파낸 흙을 양동이에 담아 밖으로 내보내고, 다시 흙을 파고, 이 과정을 끊임없이 반복하다 보면 내가 흡사 뿌리를 내리는 구근식물이 된 것 같았다. 허리가 끊어질 듯 아프다 싶을 때쯤 식사나 간식을 먹으라는 전갈이 전해지고, 그러면 공동 식당으로 올라가 다른 이들과 어울려 식사를 했다. 3층 게스트 룸에서 지내는 사람은 나밖에 없었는데, 그도 그럴 것이 캠프 전체의 수행자가 50명이 채 되지 않는 작은 규모였다.

이 단순하고 반복적인 노동이 얼마나 즐거운지 모른다. 내 옆에는 작은 카세트가 있고, '교수'의 말씀이 녹음된 테이프가 돌아갔다. 이곳을 최초로 만든 선각자인 그는 사회에 있을 때 직업 그대로 교수라고 불릴 뿐 목사와 같은 성직자의 호칭을 쓰지 않았다. 교수는 뉴욕에서 '두더지'로 살던 시절, 지하 세계에 눈을 뜨고 그만의 명상법을 만들기까지 겪어온 고난을 들려주었다. 알맞은 땅을 찾아 헤매던 순간과 잊지 못한 도움을 준 사람들에 대한 회고가 길게 이어져 귀로 듣는 책과 같았다.

교수의 목소리

"추락할 수밖에 없다면, 뛰어내려라." 신화학자

조지 캠벨은 이렇게 말합니다. 그런데 추락이라고
한다면 무엇으로부터의 추락인가요? 보통의 삶?
남들과 비슷한 삶? 그런 것이 대체 있기는 한가요?

분명한 사실 하나, 추락한 자들은 이전에는
몰랐던 세계에서 깨어난다는 것입니다. 저는
무리에서 떨어져 개인이 되는 것을 두려워하던
평범한 사람이었습니다. 저의 첫 번째 추락은
무뢰배들을 만나 집단 린치를 당한 일이었습니다.
중심가에서 몇 블록 떨어진 곳인데 아무도 제가
두들겨 맞고 있다는 것을 알지 못하더군요. 저는
저항했습니다. 그러자 무자비한 폭력이 이어졌고
이러다 죽겠다는 생각이 들 정도였습니다. 있는
힘을 다해 달아나다 눈에 보이는 구덩이 어딘가로
숨어들었습니다. 그곳이 폐쇄된 지하철과 연결된
지하도라는 것을 전혀 모른 채.

지하에 몸을 숨기자마자 그대로 실신하고
말았습니다. 어느 착한 노숙자가 아니었다면 그대로

죽었을지도 모르죠. 그는 저를 안전한 곳에 숨겨 피를 닦아주고 물을 주었습니다. 한참 후에야 저는 절뚝거리며 집으로 돌아왔습니다. 그 착한 성자는 두 번 다시 만날 수 없었습니다.

그 일이 있은 후 3년이 지나지 않아 가족의 사업체가 파산했습니다. 아버지는 자살했고 형은 감옥에 갔으며 저는 빚더미에 올랐습니다. 어머니와 형수, 조카들을 부양해야 하는데 연금마저 쓸려 간 후였어요. 모든 것이 벅차고 자신이 없었습니다. 그렇게 빚쟁이들에게 쫓기다가 충동적으로 지하로 달아났습니다. 대충 잠잠해질 때까지 그곳에서 버텨볼 생각이었죠. 그때부터 먹을 것을 구하기 위해 올라갈 때를 제외하고는 지하에 숨어 살았습니다. 뭍과 물을 오가며 살아가는 양서류처럼 지상과 지하를 오가는 삶이 시작된 것입니다.

고통이야말로 진짜 현실, 유일하게 현실적인 것입니다. 나머지는 관념에 불과해요. 지하에는

온갖 쓰디쓴 고통을 맛본 자들이 넘쳐났지만
기이하게도 환상적인 공간이었습니다. 저처럼
불운한 사람들이 스며들어 버려진 선로에 기거하고
있었죠. 마약중독자가 적지 않았지만 그들을 제외한
다른 이들은 지상의 사람들과는 비교할 수 없는
형제애를 가지고 있었습니다.

저는 점점 더 깊숙한 지하로 내려가기
시작했죠. 어둠이 저를 편안하게 해주었거든요.
"여기서는 안전해." 두 다리를 쭉 뻗고 이렇게
중얼거렸죠. 땅 위의 세상은 위험하고 알 수 없는
지뢰가 널려 있어 언제 폭사할지 모르는 곳처럼
여겨졌습니다. 이곳에는 사회가 없습니다. 그러니
좋은 집도, 차도, 명함도 필요하지 않습니다.
불운으로 인한 수치심도 가릴 수 있습니다.

모든 것이 차단된 채, 응시할 것이 자기
내면밖에 없다면 사람이 얼마나 빨리 미칠 수
있는지 아십니까? 어둠 속에서 저는 마음껏 공포와

욕망을 풀어놓았습니다. 금세 프로이트의 다섯

환자가 되었습니다. 유아기 신경증에 시달리는 늑대

인간, 거세 불안에 시달리는 꼬마 한스, 강박적인

쥐 인간, 광포한 편집증 환자 슈레버를 거쳐

히스테릭한 로라까지, 모든 광기가 폭발했습니다.

저는 아이가 되고 동물이 되고 군인이 되고 여자가

되어 고통을 겪었습니다. 이 미칠 듯한 혼란만

가라앉게 해준다면 영혼이라도 팔겠다는 생각이

들었죠. 깊고 더러운 지하에 신이 깃들 리 없으니

그때 제가 매달린 건 악마가 아니었을까 싶습니다.

　　처음에는 음식을 구하기 위해 지상과 지하를

오갔지만, 나중에는 아예 지상으로 올라가지 않게

되었습니다. 중독자가 된 아들을 돌봐주는 조건으로

어느 관대한 부인으로부터 정기적인 '후원'을 받게

되었거든요. 저는 그녀가 준 음식을 주위 사람들과

나누어 먹었습니다. 그 결과 더 많은 음식과 모포를

기부받을 수 있었습니다. 해를 보지 않고도 살 수

있는 요령을 터득하고 나니 더 이상 올라가고 싶지 않더군요. 더 깊은 지하로 내려갈수록 지상으로 올라가는 게 마치 수압을 거슬러 올라가는 것처럼 힘겹게 여겨지기도 했습니다.

지하에서 3년을 꼬박 보낸 후 저는 계시를 받았습니다.

계시는 빛과 말씀의 형태로 나타났습니다. 그날은 마약중독자 세 명의 죽음을 한꺼번에 겪었습니다. 사람이 죽는 일은 여러 번 보았지만, 하루에 세 번 죽음을 겪고 나니 저 역시 산 사람이 아닌 것 같더군요. 그들은 절망에 절여지다가 결국 죽음으로 향하는 지하철을 타고 떠날 사람들이었습니다. 저는 승강장의 맨 끝에 서서 몇 명을 더 붙들고 지연시키는 일을 했을 뿐, 아무도 구할 수가 없는 것 같았습니다. 그때 깊은 무력감에서 빛이 떠오른 겁니다. 아무것도 없는 선로의 끝에서 환하게 타오르는 빛, 빛 속에서 나를 위로하고 어루만져주는 목소리가 들려왔습니다.

"가거라." 말씀은 나침반처럼 길을 알려주었고, 여름 번개와도 같은 번쩍임으로 저를 둘로 갈라놓았습니다. "이 지하도는 곧 폐쇄될 터이니 새로운 가나안을 찾으라." 두 번째로 일러주는 말씀은 좀 더 자세한 설명으로 이어졌습니다. 성전을 지을 땅은 사막 한복판에 있다고 말입니다.

폐쇄된 지하도는 계시대로 모두 메워졌습니다. 저는 지하에서 함께한 형제들을 데리고 이 땅으로 들어왔습니다. 이것이 초대교회입니다. 1층과 2층을 만드는 데 5년, 그다음에는 늘어난 신자들과 지상으로 복귀한 신자들의 도움으로 캠프 건설에 속도가 나기 시작했습니다. 그동안 이곳을 거쳐간 사람의 수는 만 명을 넘고, 그 가운데 계시의 은총을 받은 사람은 무수히 많습니다. 우리는 어둠 속에서 빛을, 빛 속에서 말씀을 듣습니다. 말씀은 어둠 속에, 두려움 속에 계십니다. 그리고 필요한 순간에 빛을

찢어 당신에게 다가오십니다. 그 빛을 받아들이기
위해, 우리는 어둠 속에서 기다려야 합니다. 알
속에서 스스로 다시 태어나야 합니다…….

　끊임없이 흙을 파내며 교수의 말씀을
듣다 보면 나라는 존재는 없어지고 원활하게
돌아가는 유기체의 리듬만 남았다. 굴을 파고,
파낸 흙을 가지고 중앙 통로로 나와 다른
교인에게 넘기고, 공동 식당에 가서 원하는
만큼 식사를 했다. 함께 모여 예배를 드리고,
공동 노동에 해당하는 작업을 한 후에 다시
내 방으로 돌아왔다. 불을 끄면 그야말로
칠흑이었다. 빛이라고는 한 점 없는 순수한
어둠이 움직이는 파도처럼 덮쳐오지만
무서움을 느끼기도 전에 잠에 곯아떨어졌다.
지루한 줄도 모르고 규칙적인 작업을 했더니
어느덧 나에게도 두 평 남짓한 나만의 공간이

생겼다. 허리를 펴고 똑바로 일어서도 머리
위로 세 뼘이 넘는 천장이 생길 정도로
넉넉했다.

탈리아가 내 굴을 축성해주기 위해
교수를 모셔 왔다. 목소리로만 듣던 그를
직접 알현하게 되자 몹시 긴장되면서도
고무되었다.

"당신만의 알이 생겼군요."

그는 잘 구운 도자기를 감상하듯 내가
만든 동굴을 보더니 입꼬리만 살짝 올려
미소를 지었다. 버튼다운 셔츠에 안경을 쓴
백발노인은 '교수'라는 호칭대로 학자 같은
인상이었다. 가장 독특한 점은 얼굴 전체에서
'당겨진' 느낌을 준다는 점이었다. 위로 치켜떠
활짝 열린 눈과 입 끝의 미소, 호기심 많은
어린아이처럼 보이게 만드는 천진한 표정이
호감을 주었다.

교수는 이곳이 깨달음의 빛으로 가득
차기를 바란다며 축성 의식을 했다. 자그마한
항아리에 담긴 흙을 이곳에 약간씩 뿌리며
축복의 기도를 드리는 것이다. 마지막에는
나를 꽉 안아주었는데 그 느낌이 하도
이상하여 모두가 나간 다음에도 한동안
얼떨떨했다. 그가 내 머리카락과 목 사이에
코를 묻고 숨을 깊게 들이마시며 영혼을
빨아들이는 듯한 느낌을 받았기 때문이었다.

40일간의 집중 기도

알이 완성되면 예수가 광야에서 그랬듯이
최소한의 음식과 물만 섭취하며 40일을
보내야 했다. 이 기간은 심해에 들어가 눈이
없는 물고기가 되는 것과 비슷하다. 처음에는
하루에 절반 정도 불을 켜고 지내다가

14일째부터 빛을 보는 시간은 하루에 한 시간씩 줄어들었다. 나중에는 완전한 어둠 속에서 밤낮을 보내게 되었다. 금식도 시작되어 차를 제외한 어떤 것도 입에 댈 수 없었다.

"자신의 맹목을 바라보십시오."

교수는 눈이 있어도 보지 못하는 우리의 어리석음을 똑똑히 마주하고, 내부의 어둠을 다 비워야 다시 태어날 수 있다고 말했다.

"우리는 고백의 종교입니다. 우리에게는 진실의 의무가 있습니다. 우리는 흙 속으로 들어가 내부의 불꽃으로 단단히 구워져 나오는 세라믹과 같은 영혼을 원합니다. 이곳은 새로운 그릇이 구워지는 화덕이자 알려지지 않은 세계의 뿌리입니다. 영혼의 동요를 느낀다면 제대로 되어가는 것입니다. 아무에게도 말할 수 없는 비밀을 흙 속에

묻어버리고 이 말을 따라 해보십시오. 나는 더 이상 이전의 내가 아니다……"

'나는 더 이상 이전의 내가 아니다……'

무아지경 속에 기도를 하다 보면 차차 열이 오르기 시작했다. 캠프에서는 초기 수행자들에게 흔히 일어나는 일이라며 해열에 좋은 차를 문 앞에 놓아주었다. 내 몸은 냉기도 열기도 견딜 수 없게 변했다. 너무 더워서 옷을 활활 벗고 누워 있으면 이내 한기가 들어 덜덜 떨다가 모포를 뒤집어썼다. 차를 마시며 고통이 가라앉기를 기다렸지만 통증은 모든 감각을 뒤흔들었다. 보이는 것과 들리는 것, 냄새와 촉각이 뒤섞였다. 그러다가 몇 분에 한 번씩 고통이 거대한 망치처럼 변해 환각을 박살 내곤 했다. 그러면 만화경처럼 모습을 바꾼 환각이 다른 형태로 이어졌다. 나는 가스 구름으로 이루어진 우주에

들어갔다. 빛의 파도가 일렁이며 절단된
팔다리와 내장들이 통조림처럼 뭉근하게
끓고 있는 어떤 지옥이 나타났다. 불에 그슬린
거인이 나타났는데 얼굴에는 피부가 없었다.
그는 생선 머리를 내리치는 요리사처럼 살아
있는 사람의 사지를 토막 냈다.

　　열이 내리자 어둠 속에서 온갖 환영들이
나타나 두 평 남짓한 동굴을 가득 채웠다.
동굴 속에서 나는 아버지의 목을 자르고
어머니의 눈을 뽑았으며 언니의 두 뺨을 일흔
번 갈겼다. 내 손에서 너덜너덜해진 가족들을
던져놓고 통곡하며 엎드려 잘못을 빌었다.
나는 내가 팔아먹은 신과 밥을 얻어먹던
교회 사람들, 내가 미워하고 또 미워한 모든
이들에게 용서를 빌었다.

　　시간의 마디가 사라진 어둠 속에서
가슴에 맺힌 오래된 감정을 모두 쏟아내었다.

그렇게 마음 깊숙이 자리 잡은 어둠마저
비우고 나니 증오도 회한도 남아 있지 않았다.
이것이 교수가 말한 은총일까? 육체는
대나무와 같은 하나의 텅 빈 파이프처럼
여겨졌고, 비어 있는 파이프 속에 조금씩
기쁨이 흐르기 시작했다.

어둠은 나를 편안하게 해주었다. 공허함을
채워주고 온전히 내 것이 되어주었다. 내
존재는 이 세계와 다시 연결되어 이해받았다.
비로소 혼자 남겨져도 죽음을 원치 않게
되었다. 그때까지 내가 간절히 원한 것은
평화, 흔들리지 않는 마음의 평화였다.
태아처럼 대지에 등을 대고 웅크리면 보이지
않는 탯줄을 통해 풍요로운 영양을 공급받는
기분이 들었다. 〈시편〉의 한 구절처럼 깊은
구렁에서 부르짖던 나에게 마침내 신의
음성이 도착한 것이다.

나는 세례를 받아 정식으로 입교했고,
공동체의 삶 속으로 복귀했다. 위층으로
올라왔지만 매일 밤 알 속에 내려가서 명상을
한 후 잠을 청했다.

이상한 일이었다. 나는 그곳을 좋아했다.
그런데도 동굴에서의 하루 중 가장 좋아한
순간은 잠이 들어 꿈이 시작되는 순간이었다.
꿈속에서는 푸른 잔디 위를 달리거나 넓은
대양 속에서 헤엄쳤다. 색색의 과일이
바구니에 담긴 식탁에 앉아 와그작와그작
먹기도 했다. 흑백의 세상에 살며 잠깐
컬러로 된 영화를 보듯 꿈에는 찬란한 만물과
수많은 사람들, 그 옆에서 저절로 행복을
느끼는 내 모습이 나타났다. 매일 밤 '컬러
꿈'이 이어지자 잠을 잘 생각만으로도 마음이
설렜다. 지상에서는 외출을 하려면 옷을
차려입고 신발을 신고 문을 열고 밖으로

나가야 한다. 그러나 지하 세계에서는 문을 닫고, 슬리퍼를 벗고, 옷을 개켜두고, 누워서 불을 끄면서 외출 준비를 마쳤다.

많은 이들이 그 종교를 만나서 삶이 망가졌다고 말한다. 그러나 나에게는 조개가 진흙을 해감하듯 내 속의 어둡고 축축한 것들을 내보내는 시간이기도 했다. 그것을 영적인 체험이 아니라고 말할 수 있을까?

에이미는 내 얼굴에서 달처럼 빛이 나고, 그 빛이 모두를 비춘다고 말해주었다. 캠프에는 거울이 없기 때문에 겉으로 드러난 변화를 알 도리가 없었지만, 내면의 기쁨으로 환해진 내 모습이 다른 사람에게도 활력을 불어넣는 모양이었다. 모두의 칭찬과 인정을 받으면서 나는 좀 더 깊은 곳에 내려가 수행에 정진하고 싶다는 바람을 품게 되었다.

캠프는 5층 아래부터는 세지 않았다.

깊이와 상관없이 전부 '7층' 혹은 '아래'라고만
불렀다. 이곳은 입교 절차로서 의무적으로
지내야 하는 40일 외에도 더 오래, 원하는
만큼 머물다가 올라올 수 있었다. 굴 파기도
중요한 수행의 과정이라 두 번째도 스스로
만들어야 하는데, 보통 처음보다 더 좁고
작았다. 5층 아래에는 이렇게 두 번째, 혹은 세
번째로 만들어진 알이 포도송이처럼 주렁주렁
달려 있었다.

　교수와의 면담 끝에 나는 두 번째 알을
만들기 시작했다. 첫 번째와 달리 남의 도움
없이 나 혼자 시작해서 완성하는 작업이었다.
연장된 강철 손삽을 들어 움직이는 동안 나는
이것이 격렬한 기도라는 생각이 들었다. 두
손을 모으는 기도보다 두 손으로 땅을 파는
기도가 한층 더 격렬하고 필사적이라고.
애정 결핍인 아이가 엄마 젖가슴에 매달리듯

대지에 달라붙어 평화를 갈구하는 내 모습은
무신론자였던 사람이라고는 믿기지 않을 만큼
열정적이었다. 흙에서는 온갖 냄새가 났다.
깊은 원시림에서 날 법한 향기, 실뿌리가
끊어질 때의 싱싱한 내음, 조용히 부패하던
곤충 사체에서 풍기는 달짝지근한 썩은
내까지 온갖 냄새가 났다. 향이 너무 좋아서
한 줌씩 집어 입에 넣고 우물거리곤 했다.
계속 씹다 보면 흙에서는 아몬드처럼 고소한
맛이 느껴졌다.

두 번째 알이 완성된 날, 이번에는 누구의
방문이나 축복도 받지 않고 조용히 안으로
들어가 검은색 헝겊을 드리웠다. 앞면은 흰색,
뒷면은 검은색으로 되어 있는 이 두꺼운 천은
수도자의 의사를 대변한다. 흰색이면 방문을
받는다는 뜻이고 검은색이면 아무도 건들지
말라는 신호가 된다. 나는 새로 만들어진 두

번째 알에서 가부좌를 튼 채 차를 마셨다.
깊은 땅에 들어간 수행자는 어떤 면에서는
네팔의 쿠마리 여신이 되는 것과 흡사했다.
물론 수행자는 어린애도 아니고 동굴 속에
짐승의 사체가 널려 있는 것도 아니지만,
어둠은 무엇이든 만들어낼 수 있었다. 있어야
할 것이 없는 상황에서, 벌어질 리 없는 일이
무작위로 튀어나온다. 모기가 땀내 나는
피부를 무는 것처럼 온갖 종류의 환각이 알
속에 웅크린 나를 물어뜯었다.

　　때문에 루이사의 갑작스러운 방문을
받았을 때 여전히 감각의 장난이라고 여겼다.
그렇지 않고서야 허락도 구하지 않은 채
들어오는 사람이 있을 리 없을 테니까. 예고
없이 알을 열고 들어오는 행위는 금기 중의
금기로서, 교인들이라면 절대로 할 수 없는
일이었다. 몇 달간 이어진 명상을 방해하는

정도가 아니라 몸과 마음의 균형이 흔들려서
신체에도 위험할 수 있었다.

　그 애는 태연하게 인사를 하며
다가오더니 얼어붙은 내 눈앞에서 손을 휘휘
저었다. 키가 후리후리하게 크고 인형처럼
예쁜 히스패닉계 여자아이였다. 나이는 내
또래로 보였다.

　"혹시 말을 못 해요? 설마, 혀가 잘리거나
독에 마비된 건 아니지?"

　"……누가 그런 짓을 해요?"

　나는 반사적으로 되물었다. 내 입에서
말이 터지자 여자의 표정이 환해졌다.
그녀야말로 달처럼 환한 웃음을 지니고
있어서 그 웃음이 어둠 속을 밝히는 듯했다.

　"탈리아의 실력이 녹슬지 않았네. 내가
마지막일 줄 알았는데 끊임없이 새 후배님을
데려온다니까."

여자의 입에서 '탈리아'가 나오자 긴장이
되었다. 금기를 깬 여자는 말을 멈추지
않았다.

"나는 루이사라고 해. 아르헨티나에서 온
루이사. 당신보다 3년 빨리 알에서 깨어났어.
부화한 지 한참 됐는데 날개가 영 돋아날
생각을 안 하네?"

여자는 대단히 웃긴 말을 한 것처럼
제풀에 웃어댔다. 그 웃음은 내게 경고
신호처럼 들렸다. 저 여자가 나를 뒤흔들
것이라는 신호. 급히 질문을 던졌다.

"내 방은 어떻게 발견했어요?"

"밤낮으로 흙 파는 소리를 들었지. 그래서
생각했어. '나 같은 멍청이가 또 왔구나.'
우리는 한 명이라도 더 일손이 필요해."

그렇게 시작된 루이사의 이야기는
충격적인 누설이었다. 그녀는 교수가

우리 같은 젊은이들의 알 하나당 엄청난
후원금을 받고 있으며, 캠프가 돌아가는 힘은
여기에서 나온다고 했다. 우리가 지상에
올라간 '두더지'들의 죄를 대속하여 그들
영혼의 구원을 위해 기도를 바치고 있기
때문이라는 것이다. 후원자들은 홈 캠을 통해
수행자의 일거수일투족을 지켜볼 수 있었다.
공포에 울부짖거나 피가 날 때까지 자위를
하거나 환각과 광기에 빠진 온갖 모습을.
후원자들은 은행 계좌를 새로 트는 것처럼
동굴 속의 아이들을 사들였다. 그들은 이
동굴을 거쳐서 '환속'한 사람들이기도 했고,
교수의 영험함과 속세의 성공 둘 다 손에 넣고
싶은 부유한 자들이기도 했다. 마지막에는
죽음도 거래됐는데, 동굴에서 사람이 죽으면
그 머리뼈가 두 번째 십자가로 쓰이기
때문이었다.

"그럴 리 없어요. 난 은총을 받았어요. 첫 번째 알에서 은혜를 입었다고요."

"신비체험은 약물에 의한 환각에 불과해. 네가 마신 차에는 공포와 흥분을 일으키는 성분이 들어 있어. 그 모든 걸 시각적으로 선명하게 보여준다는 게 특징이지. 중독 외에 다른 부작용도 있어. 마지막 알을 팔 때쯤이면 곱사등처럼 등이 말려 있을걸? 말 그대로 자기 관을 파는 셈이지."

나중에 지상에 올라가 이 사건의 증언자로 나섰을 때, 나는 루이사가 언급한 사진들을 보게 되었다. 화질이 떨어지는 사진 속에 담긴 우리의 모습은 영락없이 수용소 사람들 같았다. 독방에 갇힌 사람, 거식증 환자처럼 깡마른 사람, 마침내 움직이지 않는 사람…… 어떤 면에선 스너프 필름과 다를 바 없었다. 나는 그 사진들을 꿋꿋하게 노려보았다. 그것은 내가 보지 못했던 캠프의 진정한 어둠이었다.

하지만 모든 것은 몇 년 후 지상에서나 알게 될 일이었다. 그 순간의 나는 루이사에게 순진하게 되물었다.

"이곳이 맘에 들지 않는다면 나가면 되잖아요."

루이사는 물끄러미 나를 쳐다보았다.

"너는 정말 아무것도 모르는구나. 한번 들어온 이상 제 발로 나갈 수 있는 방법은 없어. 탈리아와 같은 모집책과 간부들을 제외하고."

루이사는 세 번 시도했다고 한다. 처음에는 정중하게 부탁하고("정중하게 거절당했지"), 두 번째는 가족이 보고 싶다고 호소하고("3개월만 더 머물면 돌려보내 주겠다고 말을 돌렸어"), 세 번째로 3개월이 지났는데 왜 약속을 지키지 않느냐고 묻자 '교정'이 시작됐다고 했다.

"구타와 강간, 강간과 구타가 한 달 정도 이어지자 개처럼 순종하게 되었지. 나 하나쯤 죽여서 묻어버리면 누가 알겠냐고 협박도 당했어. 이름도 바꾸고 다른 사람으로 개조하려 했어. 여기에서는 크리스티나라고 불리고 헌금 액수에 따라 별별 걸 다 해야 해. 그렇지만 난 여전히 루이사야. 내 원단이 워낙 질긴 덕분이지. 여기서 나가려면 직접 탈출로를 파야 해."

"둘이서요?"

"다섯이야. 이제 너까지 여섯."

"날 어떻게 믿어요? 방금 들은 말을 내가 일러바치면 어떡하려고요? 무엇보다 난 당신을 어떻게 믿죠?"

"증거를 보여줄게."

루이사는 당연히 내가 따라온다고
확신하는 것처럼 돌아서 앞장섰다. 그녀는
내 알은 이제 막 만들어져 카메라가
설치되기 이전이지만, 알을 나가는 순간부터
그림자처럼 움직여야 한다고 주의를 주었다.

루이사의 방은 내 알에서 멀지 않았지만
그 어떤 곳보다 멀게 느껴졌다. 얼마 후 검은
천이 덮인 문이 나타났다. 루이사는 손가락을
들어 입술에 대고, 최대한 조용히 하라는
시늉을 했다. 우리는 발소리를 내지 않고
최대한 천천히 방으로 들어갔다.

루이사의 말이 사실이었다. 그녀의 굴에는
천장과 오른쪽, 왼쪽 벽에 총 세 개의 구멍이
뚫려 있었다. 루이사는 내 손가락을 가져가
돌과 이끼 사이에 가려진 작고 둥근 유리
조각을 만지게 했다. 볼록한 유리가 파충류의
눈알처럼 매끈했다. 소름이 끼쳤다.

루이사는 자신의 패거리인 몽요, 옥타비아, 싸미라, 주디스를 소개해주었다. 여러 나라에서 온 버림받은 여자아이들은 루이사의 말이 모두 사실이라고 말하며 함께 탈출하자고 권했다. 나는 복잡하고 얼떨떨한 마음을 감추기 위해 고개를 숙였다.

9와 4분의 3 승강장

루이사의 말은 충격적이었지만 그 또한 '말'에 불과했다. 더구나 나는 캠프 사람들에게 얻은 인정과 사랑을 쉽게 저버릴 수 없었다. 무엇보다 탈리아, 나는 진정한 영적 어머니를 얻었으니 설령 루이사의 말이 사실이라 해도 그녀와 같은 비참한 일을 겪지 않으리라는 자신이 있었다. 어차피 나는 정상적인 사람들 속에서 제자리를 찾지 못한다. 그러니

어렵사리 얻은 이 평화가 기우뚱한 축 위에
놓여 있대도 쉽게 떠날 수 없다고 생각했다.

그러나 선악과를 먹어보라는 뱀의 말처럼
루이사의 말은 내게 깊은 의혹을 심어주었다.
이따금 탈리아가 지상으로 나가는 것, 그리고
내 뒤를 이어 새로운 신입 교원을 데려온 것,
그 아이 또한 '이 세상에서 사라져도 당분간
아무도 눈치채지 못할' 외톨이라는 것을
듣자 의구심이 고개를 치켜들었다. 루이사를
만나고 온 후, 나는 더욱 성실하게 노동과
명상의 일과를 준수했다. 그리고 탈리아에게
넌지시 물어보았다.

"저도 지상에 다녀오면 안 되나요?"

그녀는 아무런 표정 변화 없이 대답했다.

"그래, 그러지 뭐."

쉽사리 허락받자 얼마나 안도했는지
모른다. 잠시나마 탈리아를 의심했던 것에

미안한 마음이 들었다. 루이사는 명상을 오래 하는 바람에 정신이 온전치 못한 것이다. 그래서 그런 각본을 상상해 나에게 들려준 것이겠지. 그러나 방을 나서기 전 탈리아는 간단히 앞선 말을 번복했다.

"다음에 데려갈게. 이번에는 나 혼자 다녀올 데가 많거든."

나는 고개를 끄덕이고 지하의 두 번째 알 속으로 돌아왔다. '다음'은 언제일까? 언제든 자유롭게 나갈 수 있다는 말에는 일단 제동이 걸렸다.

복잡한 마음을 달래기 위해 양탄자 짜기에 몰두했다. 흙을 파내는 것만큼 잡념이 사라지고 기도의 형태가 되는 작업이었다. 다양한 양탄자는 우리의 개인 동굴을 제각각 다른 곳으로 만드는 유일한 방법이었다. 패턴이나 실의 굵기로 취향과 소망을 드러낼 수 있으니까. 색실로 양탄자를 짜면 '어두워서 보이는 것도 없는데 색이 왜 필요하냐'고 묻는 사람도 있을 것이다. 그러나 보이지 않더라도 그곳에 초록색이나 노란색이 있는 것이 중요하다. 가장 위대한 색인 붉은색이 있는 것이 중요하다. 큰따옴표처럼 문양을 도드라지게 만들어주는 검은색이 있는 것이 중요하다. 아무것도 보이지 않는 어둠 속에서도 나는 내가 짠 양탄자의 색깔을 즐길 수 있었다. 입체화된 양탄자의 무늬가 어둠 속에서 떠오르는 것을 느낄 수 있었으니까.

씨줄에는 탈리아에 대한 사랑을, 날줄에는 그녀에 대한 의심을 섞어 양탄자를 짜면서 여기서 더 조르다가는 무슨 일이 벌어질지 모른다는 경계심이 들었다. 그러자 탈리아보다 루이사에게 더 화가 났다. 겨우 얻은 평화가 그녀 때문에 의혹과 두려움으로 바뀌어버렸으니까. 내가 원하는 건 평화인데 진실은 언제나 내 앞을 가로막았다. 나를 괴롭히는 진실은 필요 없었다. 아마도 이런 생각이 지금의 나를 땅속으로 이끌었을 테지만, 그럼에도 궁금증은 가시지 않았다. 루이사의 말이 사실일까? 아직 결론을 내리기엔 일렀다. 그럼에도 나는 그녀의 재방문을 간절히 기다리고 있었다.

내 말을 들은 루이사는 '탈리아는 뱀처럼 교활한 여자'라고 씹어뱉더니 고아들을 유인하는 것으로 그녀가 얼마나 대단한 부를 누리는지 아무도 모를 것이라고 했다. 내가 새로 짠 양탄자를 보여주자 루이사는 한층 더 무시무시한 말을 했다.

"양탄자는 때로 이동식 관 노릇도 하지. 시체를 둘둘 말아 그대로 묻어버리기도 하거든."

그녀는 초대교회의 공동묘지를 봤다고
했다. 동굴 안에 전염병이 돌아 교인들이
절반 이상 죽음을 맞이했고, 그 이후 캠프를
지금의 자리로 이전했다는 것도 처음 알게 된
사실이었다. 말이 좋아 공동묘지지 양탄자에
둘둘 말린 채 썩고 있는 백골이 넘쳐난다는
것이다. 지금도 사람이 죽으면 공동묘지에
던져 넣는 것이 이곳의 유일한 장례식이라고
했다.

마음이 완전히 돌아선 것은 아니었지만,
시간이 지날수록 5층 위와 그 아래의
세상으로 양분되는 나 자신을 느꼈다. 5층
위의 세상이 65퍼센트의 나를 차지하고,
그 아래 세상이 35퍼센트의 나를 차지하는
식으로. 시간이 갈수록 이 비율은 달라져갔다.
'자매들'과 함께하는 시간이 꿀처럼 농밀하고
달았기 때문일 것이다. 평생 가져보지 못한

소속감이 거기 있었다. 또래의 여자 그룹 속 일원으로 받아들여지는 경험, 생각과 감정과 모반과 계획을 나누는 이 경험을 끊어낼 수 없었다. 결국 나는 구멍에 빠져버린 내 삶을 건져내기 위해 이들과 탈출하기로 결심했다.

우리는 매일 밤 '9와 4분의 3 승강장'에서 작업을 했다. 몽요, 옥타비아, 싸미라, 주디스와 루이사, 그리고 나의 공통점은 보호자 없이 성년을 맞이했다는 것이다. 우리의 또 다른 공통점은 《해리 포터》를 좋아한다는 것. 외로운 고아 소년이 친구와 소속을 얻는 이야기니까. 탈출구가 시작되는 지하는 엄밀히 말하자면 8층이라고 봐야겠지만 우리는 이곳에 호그와트로 가는 열차 승강장의 이름을 붙였다. 이들에게 합류했을 때 '승강장' 작업은 상당히 진척되어 터널로 이어져 있었다. 7층에서 시작해 3층까지 도달하는 높이였다. 다섯 명의 여자들이 몰래 한 작업량이라고는 믿어지지 않았다.

"사실 우리가 한 건 한두 층에 불과해. 이 굴을 먼저 파놓은 사람들이 있었거든. 왜 그만두었는지 알려지지 않은 채 끝나버렸고. 여길 우연히 발견했기 때문에 탈출이라는 꿈도 품을 수 있었어."

"완성되기 전에 죽었겠지. 이 굴을 팠던 사람들 말이야. 그래도 들키지 않은 것은 분명해. 만약 탄로가 나서 제거된 거라면 탈출로를 이렇게 부주의하게 내버려둘 리 없잖아?"

루이사의 말에 이어 싸미라가 첨언했다.

놀랍게도 탈출을 시도한 사람은 이들이 최초가 아니었다. 그러나 아무리 쉽게 굴을

팔 수 있는 지형이라 해도 사람 손으로
몇백 미터의 작업을 하는 것이 하루아침에
이루어질 리 없었다. 나는 루이사와 싸미라의
짐작에 하나 더 가설을 보태고 싶었다. 이
굴을 파던 사람들이 위험을 감지하고 중도에
포기한 것이라면? 그 사람들이 아직 캠프에
남아 있다면? 자신들이 파놓은 굴을 연장하는
여자들이 있다는 것을 알게 된다면 어떤
일이 벌어질까. 내 머릿속에는 거대한 반란의
무리가 떠올랐다. 그렇게 생각하니 우리가
마주치는 사람 중에도 같은 생각을 품은
사람이 더 있을 것 같고, 이 모든 사실을 알게
된 것만으로도 내 신변에 위협이 생길 것 같아
오싹했다. 아무리 봐도 이 여자들은 목숨을
담보 삼아 자유를 찾는 위험한 베팅을 걸고
있었다.

  질문은 또 있었다. 지상에 닿으려면

아직도 수십 미터의 작업량이 더 남아 있었다.
탈출구의 방향이 위로 향하는지, 엉뚱하게도
옆으로 향하는지 어떻게 알 수 있겠는가?
잘못되어 다른 알을 건드리면 그대로 탄로
나는 것 아닌가? 더 최악의 경우, 땅속으로 더
깊이 들어가버리는 것 아닌가?

다행히 루이사의 머릿속에는 캠프 전체의
지도가 들어 있다고 했다. 그녀는 강간범들의
회의실과 고위층의 기도실에서 이것을 손에
넣었다.

"정확히는 머리에 집어넣은 거지. 그 짧은
사이에 머릿속에 환하게 불이 밝혀진 것처럼
자동으로 입력되더라. 지상으로 올라가는
가장 빠른 통로를 만들려면 어떻게 해야
하는지 말이야."

루이사는 머리가 너무 좋았다. 카메라와
같은 기억력으로 한 번 보기만 한 정보들을

뇌라는 주머니에 넣었다 필요할 때 꺼내 쓸
수 있었다. 루이사는 포도알처럼 도톰하고
자줏빛이 도는 입술을 가지고 있었는데, 그
애가 그 입술을 움직일 때마다 나는 뱀과
마주친 영장류처럼 옴짝달싹할 수 없는
기분이 들었다. 예전에 알던 모든 것이 거꾸로
휘저어진 그 구덩이에서, 20대 초반인 나의
젠더 또한 유동적이었다. 루이사의 입술의
움직임을 자꾸만 보고 싶어서, 나는 이 위험한
모반에 적극적으로 가담했다.

탈출구가 알들과 너무 가까우면 들키거나
알들을 부서뜨릴 수도 있었다. 루이사는 모든
것을 고려하여 캠프에서 약간 떨어진 곳에
지상으로 향하는 곡선 하나를 그었다.

그리고 우리 자매들을 이어주는 표식으로,
붉은 색실을 땋아 양탄자의 끄트머리에 한
가닥 넣었다.

무너져 내리다

그 시절을 생각하면 캄캄한 어둠 속에서
모닥불을 피워 올리는 이미지가 떠오른다.
나는 더 이상 혼자 고립되어 환상을 키우는
수행자가 아니었다. 처음으로 동성 친구들
사이에서 소속감을 갖게 되었고, 이들과
자매처럼 연결되어 있었다. 활발하고
우스갯소리를 잘하는 옥타비아, 손이 빠르고
우리 중 완력이 가장 센 싸미라, 모두에게
세심하게 신경을 쓰는 몽요, 말수는 적지만 제
몫은 확실히 해내는 막내 주디스와 명석하고
리더십을 지닌 루이사. 루이사는 내가
친언니에게 바랐던 책임감과 명랑함을 갖추고
있었다. 탈리아에게 보건교사의 모습을
기대했다가 뒤통수를 맞은 다음에도 여전히
나는 '가족을 찾는' 버릇을 버리지 못한 것

같다. 루이사가 내 언니라면 얼마나 좋을까?
아니, 나는 루이사에게 가져보지 못한 모든
것을 원했다. 언니이자 어머니이자 친구이자
연인, 나만의 구세주가 되기를.

　　우리는 여섯으로 된 하나였다. 각자의
일과를 마치면 굴을 파는 짐승처럼 민첩하게
움직였다. 열두 개의 손을 공유해서 썼다.
어둠은 아교처럼 우리를 달라붙게 만들었고
생리 주기를 비롯해 모든 것을 공유했다.
추워지면 서로 꼭 껴안고 잠이 들었다. 나는
그때 루이사와 옥타비아가 연인의 손짓으로
서로를 쓰다듬는 것을 보고 말았다. 사실
루이사는 누구에게나 스스럼없이 팔짱을
끼거나 머리를 쓰다듬거나 어깨를 끌어안곤
했다. 내가 느낀 석연치 않은 기분은
어느덧 내 안에서 커진 루이사를 향한 감정
때문인지도 몰랐다.

얼굴의 살이 내려 뼈밖에 남지 않았기 때문인지 우리의 얼굴은 어딘가 비슷비슷해 보였다. 가장 즐겁게 나누었던 이야기는 "이다음에⋯⋯"로 시작했다. '다음'은 지상에서 시작될 것이다. 이다음에 우리는 한곳에서 일하며 경비를 모은다. 그 돈으로 여행을 떠난다. 루이사의 고향 아르헨티나가 시작점이 될 것이다. 크고 넓어서 달아나기도 좋고, 음식이며 아이스크림이 너무나 맛있으니까. 그다음에는 몽요의 고향인 중국 쓰촨성에 갈지도 모른다. 부모 형제가 없는 우리는 자매가 되어 함께 지낸다⋯⋯ 뭐 이런 백일몽 같은 꿈. 여럿이 함께 꿈꾸는 미래는 혼자 보는 환각보다 훨씬 선명했다. 그러는 사이에 우리의 탈출로도 상당히 진척되었다. 이대로라면 해가 가기 전에 완성될 터였다. 어쩐지 나는 굴이 영원히 길어지기를, 이

순간이 영원히 지속되기를 바랐다. 나는
언제나 천국이 두려웠으니까. 그리고 그 천국
속에서 루이사와 옥타비아가 연인이 되고
나는 또다시 남겨질 것 같으니까.

꿈이 부서진 것은 뜻밖에도 캠프
밖에서부터였다.

이 지역에서 유물이 출토되며
고고학자들의 관심을 끌게 된 것이다.
본격적인 발굴이 시작되자 다른 문제가
튀어나왔다. 사람의 머리뼈가 발견되었는데
고대인이 아니라 최근에 실종된
현대인이었다. 경찰이 폴리스 라인을
치고 수색에 나선 곳은 캠프에서 불과 몇
킬로미터밖에 떨어지지 않은 인근이었다.
캠프에서는 당연히 비상이 걸렸다. 수색이
본격화되면 캠프의 존재가 세상에 드러나는
건 시간문제일지도 몰랐다.

그러나 이 모든 움직임은 구출된 다음에야 알게 된 사실이고, 당시에 캠프 바깥에서 벌어진 일을 아는 사람은 교수를 비롯한 간부들 몇 명에 불과했다. 의아한 것은 교수의 결단이었다. 그는 다른 곳으로 대피하는 선택을 하지 않았다.

교수는 자신의 깊은 알 속으로 물러나 일주일간 단식 기도에 들어갔다. 여드레째 되던 날, 교수는 이마에 검은 멍 자국을 지닌 채 밖으로 나와 모두를 소집했다. 7층 이하에서 명상을 하던 교인들까지 한 명도 빠짐없이 강당에 모였다. 탈리아만 빼고. 그녀는 후원자들의 헌금을 받아 보급품을 구입하기 위해 지상으로 올라가고 없었다. 나중에 안 사실이지만 이 또한 교수의 계획이었다. 교수는 '묘지기'로 그녀를 선택했다.

"오늘 저는 마지막 계시를 전달하기 위해
이 자리에 섰습니다."

목소리에 이상하게 쇳소리가 섞여 있었다.
고개를 들어보니 그도 많이 늙었다는 생각이
들었다. 오른손에 붕대를 감고 있기 때문일까,
더욱 쇠약해 보이는 노인이 연단에서 연민을
자아내는 목소리로 작게 가르랑거리듯이
가래 섞인 기침을 내뱉으며 힘겹게 증언을
시작했다.

교수는 스스로 만든 스물네 번째 알에서
무슬림처럼 엎드려 기도를 하고 있었다. 늘
그렇듯이 성스러운 빛이 들어와 그를 감쌌다.
그런데 그날은 한 가지가 달랐다. 고개를
든 순간 이마에 대고 기도하던 바위에 전에
없던 무늬가 새겨진 것이다. 그 무늬는 점점
커지면서 하나의 스크린처럼 바위를 가득

채웠다. 거기에서 인류의 마지막 모습이 상영되었다. 상시적인 감염병, 방주조차 띄울 수 없는 기나긴 장마와 불볕더위, 황폐한 숲과 재를 뒤집어쓴 버섯, 매장되지 않은 채 뒹구는 시체들이 보였다. 그는 캠프에 남은 사람들이 마지막 인류가 될 것임을 직감하고 그 즉시 손가락 두 개를 잘라 신에게 바쳤다. 흘러나온 피가 바닥을 적시면서 어둠에 명암이 생겨났다. 어둠은 얼굴 윤곽을 따라 번졌고, 그는 땅에서 만들어진 어둠의 가면을 썼다. 더 이상 두려움이 느껴지지 않았다. 그는 신의 가면을 쓰고 신의 음성을 들었다.

"우리는 세 번째 성전으로 떠나야 합니다."

그는 남아 있는 손가락 세 개를 펼쳐 보였다. 도시의 지하도, 사막의 캠프를 거쳐 이제 해변의 갈릴리로 옮겨 갈 시간이라는 것이다. **"아나스타시스 네크론."** 예수가 나자로에게 소리치듯 그는 우리에게 외쳤다.

"이제 캠프는 해체합니다. 우리 자신도 해체에 들어갑니다. 더 이상 우리는 죽음과 삶을 분리할 필요가 없습니다. 나와 너, 남자와 여자, 인간과 동물을 분리할 필요가 없습니다. 우리는 삶을 긍정하지도, 죽음을 부정하지도 않을 것입니다. 고치 속의 애벌레가 녹아서 나비로 태어나듯 알 속에서 안전하게 보호받던 우리는 변성하여 새로운 땅에서 태어날 것입니다. 물론 변화와 변성은 두려운 것입니다. 형태뿐 아니라 성질도 바뀌어야 하니까요. 그러나 세 번째 성전으로 옮겨 가기 위해서는 몸을 버리고 자아를 해체하지 않으면 안 됩니다. 어떤 의미에서 두려움은 좋은 것입니다. 두려움이야말로 변화의 조건이니까요. 제가 모든 두려움을 가져가겠습니다. 이제부터 거리 없는 여행이 시작될 것입니다……."

교수의 말이 점점 더 고조되는 동안 나는
재빨리 친구들과 시선을 교환했다.

'무슨 일이 벌어질 것 같아.'

'달아나자.'

'그래, 지금 즉시.'

성찬식이 시작되자 사람들은 중앙 통로에
일렬로 나와 교수가 주는 축복의 잔을 받기
시작했다. 우리는 줄에 서는 척 빠져나오기
시작했다. 모두 탈출로에 모이자 루이사는
9와 4분의 3 승강장의 입구를 무너뜨려
버렸다. 누군가 눈치를 채더라도 쫓아오지
못하게 막아버린 것이다.

"서둘러!"

우리는 이런 날을 대비해 식량을
비축해두었다. 그러나 공기까지 저장할 수는
없는 노릇이었으므로, 이제부터 최대한 빨리

도주로를 완성해 지상으로 나가지 않으면
질식해 죽을 수도 있었다.

전력을 다해 땅을 파는 동안 시간이
얼마나 흘렀는지, 교인들이 있는 곳에서 무슨
일이 벌어지는지, 왜 우리를 찾거나 수색하지
않는지 알지 못했다. '위로, 밖으로!' 우리의
마음속에는 오직 그 목표뿐이었다. 여섯 명이
동시에 작업을 하는 것은 처음이어서 일에도
속도가 붙었다. 우리는 지칠 때까지 일하다
삽을 쥔 채 쓰러져 잠깐 눈을 붙였고 서로를
독려했다. 만에 하나 우리가 지상으로 나가지
못한 채 이곳에서 영원히 잠든다 해도, 그
운명조차 받아들일 수 있을 만큼 우리는
하나가 되었다. 두려움이 물러나자 더는
허기도 느껴지지 않았다.

며칠 밤낮이 지나갔는지 알 수 없게

된 순간, 우리는 환청 같은 폭약 소리를
들었다. 그것은 먼 곳에서 들려오는 은은한
천둥소리와도 같았다. 9와 4분의 3 승강장을
막은 벽이 헐리고 교수가 뒤따라 들어올
때까지 우리는 잠에서 제대로 빠져나오지
못한 상황이었다.

"어린양들이 길을 잃었구나."

단번에 의식이 돌아오자 소름이 끼쳤다.

교수는 여전히 우리에게 강력한 영향력을
미친다는 것을 확신하고 있었다. 그는 손을
내밀어 무언의 메시지를 던졌다. 목자가
왔으니 자기와 함께 약속의 땅으로 떠나자는
것이다. 가장자리가 무너져 내려 더 넓어진
허공에 아름다운 그의 목소리가 메아리쳤다.
그 엄청난 확신감. 마지막까지도 자신의
영향력을 의심하지 않는 늙은 남자 앞에
루이사가 한 걸음 나아갔다.

"네가 양을 잡아먹는 늑대라는 걸 모를 줄 알아? 네 양들에게 가버리시지. 우린 내버려두고."

"그들은 이제 없어."

그는 야릇한 목소리로 말하며 웃었다. 서글픈 건지 뿌듯해하는 건지 알 수 없는 기이한 미소였다. 두 눈은 텅 비어 있었다. 뒤에 두고 온 수많은 동굴처럼.

"신께서 포도송이를 마침내 취하셨지. 동굴 하나하나가 포도알이야. 그들은 다 함께 변성하여 천국의 울타리를 넘었어. 나는 구원 대신 더 좋은 선물을 준 거야. 이제 너희들에게 그 선물을 선사할 차례이고."

그러자 포도 한 송이를 통째로 입에 털어 넣으며 한 알씩 터트려 먹는 로마 신들의 이미지가 저절로 떠올랐다. 교수의 신은 교수가 만들어낸 것이다. 그러니 신을

칭송한다는 것은 그 자신을 칭송하는 것이나
다름없었다. 죽어가면서 죽이는 자가 된
그는 희생자의 운명도 누리고 싶어 했다.
평생에 걸쳐 일궈온 모든 제물을, 캠프에
있는 수행자들과 그 자신의 목숨까지 전부
바치겠다는 결심을 한 순간부터 그의 신은
진짜가 되었다. 모두가 순순히 따랐을까? 훗날
밝혀진 대로 교수의 지시를 듣지 않은 사람은
우리 여섯뿐이다. 카리스마란 그런 것이다.
공명. 교수와 수행원 전부가 하나의 동심원
속에서 메아리치는 갈망을 받아들이는 것.
캠프의 모든 이들은 땅 위의 시민권을, 나아가
생사여탈권을 교수에게 맡긴 상태였으니까.
게다가 교수는 독극물 전문가였다. 차를
마시지 않은 사람들에게는 다른 것이
주어졌을지도 모른다. 탈리아만 빼고. 그녀는
쥐새끼처럼 지상으로 올라가버렸으니까.

"우리는 어떻게 찾아냈지?"

루이사가 교수를 추궁한 순간부터 나는
뒷걸음질 치기 시작했다.

유다의 고백

나는 자신에 대해 왜곡된 정보를 갖고
있었다. 죽고 싶다고 생각했으나 살 궁리를
했고, 통제와 의무를 원한다고 했으나
자유롭고 싶었고, 혼자가 편하다고 했으나
연인을 꿈꿨고, 소속감을 원한다고 했으나
언제든지 양말목 뒤집듯 나 혼자 빠져나오길
서슴지 않았다.

내가 배신자가 된 건 석 달 전쯤, 탈출로가
3분의 2가량 완성되었을 때 이미 벌어졌다.

교수의 비밀스러운 호출을 받았을 때
계획이 탄로 난 것을 직감했다. 문을 여는

순간 놀라는 티를 내지 않기 위해 무진 애를
써야 했다. 그곳은 어떤 동굴보다 천장이
높았다. 궁륭처럼 높은 천장 아래 미술품과
골동품, 명품 상자가 빽빽한 미로를 이루고
있었다. 호화로운 물건들을 이렇게 많이,
한꺼번에 본 적은 처음이었다. 닥치는 대로
수집하고 쌓아온 물건들에 뿌연 먼지가
내려앉아 마치 늪을 이룬 듯했다.

저장 강박증 환자의 고치처럼 보이는
미로의 한가운데 그가 앉아 있었다. 그는
손에 잡히는 스노볼 하나를 들어 유리구 안에
눈보라를 일으키다 흩어진 모든 눈송이가
가라앉는 것을 지켜본 다음에 말문을 열었다.
모든 것을 알고 있다고. 지상으로 나가기
전에 붙잡힐 것이며 강도 높은 '교정'을
받게 될 것이라고. 부인해봐야 아무 소용이
없으리라는 것을 깨달은 나는 잡아떼는 대신

대담하게 물었다.

"알고 있으면서 지금까지 왜 내버려둔
거죠?"

"드라마는 돈이 되니까."

우리의 배신과 탈출 계획은 캠프 밖
후원자들에게 흥분을 주는 볼거리였던
것이다.

"루이사가 내 스물세 번째 아내라는 것은
알고 있니?"

놀라기도 전에 "너도 그다음이 될 수
있었는데"라는 중얼거림이 이어졌다.

"이젠 지겨워. 이 개미굴, 아내들,
후원자들…… 30년 넘게 이 사업을 하고
있어. 서른일곱의 젊은이가 일흔 살 노인이
된 세월이지. 반란도 있었고 배신도 있었고
지금도 위기야. 조만간 우리 캠프는 유적
발굴단을 피해 이주를 하거나 다른 방법을

찾아야 할 거야. 살날이 얼마 남지 않은
노인에게 내키는 일은 아니지."

그는 내 죄를 사해주겠다고 했다. 우리가
서로의 꿈과 시간을 나눈 일, 감히 사랑하고
꿈꾼 일, 그 모든 것은 종말을 앞당기는
죄인들의 짓이라고 했다. 그 말에 코웃음을
치려 했지만 잘되지 않은 것은 내가 너무나
오래, '유사 기독교인'처럼 살아왔기 때문일
것이다. 자라는 동안 가면처럼 쓰고 있던
페르소나가 내면마저 바꾸어놓았음을 순간
깨달았다. 나는 내 자신을 정말 죄인처럼
여기고 있었다. 루이사를 탐하고, 루이사와
다른 자매들이 손을 잡는 것만 봐도 마음이
내려앉던 나의 갈망이 마음을 무겁게 짓누른
것이다.

그게 정말 잘못인가? 잘못이라고, 넌
정말 죄인이라고 내 안의 기독교인이 뱀처럼

속삭였다. 그 뱀은 선악과를 먹으라고
부추기는 성경 속 뱀처럼 교활했다. 어쩌면
나는 탈리아도 사랑했을지 모른다. 어쩌면
보건교사도. 나는 언제나 어머니와 같은
여자에게 끌렸는데, 실은 '어머니'가 아니라
'여자'에게 끌린다는 것조차 모를 정도로
자신이 좋아하는 세계에 무지했다. 반면에
뱀은 나에 대해 잘 알고 있었다. 어떻게
하면 나를 괴롭힐 수 있는지도. "루이사는
옥타비아를 좋아해." "루이사는 너를
좋아하지 않아." "아무에게도 사랑받지
못할 바에는 모두에게 중요한 사람이 되는
편이 낫지 않아?" 그러니까 중요한 혈통을
이어받으라고. 배반자의 혈통을 이어받으라고
속삭였다.

　　교수가 협상을 시도했을 때 내 속에서
유다의 피가 꿈틀거렸다. 나는 둘로 분열되어

94

스스로를 질책하는 일이 지긋지긋했다.
땅속에서 벌어진 모든 일을 잊어버리고
새로운 삶을 시작하고 싶었다. 그러니까
진정한 뱀은 나였던 것 같다. 항상 허물을
벗고 싶어 했으니까. 허물을 벗을 때쯤이면 내
갈망의 굵기는 더할 수 없이 커졌고 이전의
허물로는 나를 가둘 수가 없었다. 교수가
시키는 대로 한다면 캠프에서 겪은 모든
시간과 감정을, 죄와 꿈을 덮어버릴 수 있을
것이다……. 반쯤 건성으로 듣고 있던 교수가
자기 할 말을 마쳤다. 요구는 하나뿐이었다.
탈출로의 위치, 9와 4분의 3 승강장의 위치
말이다. 그곳을 알려주면 내게만 해독제를
주겠다는 것이다.

　"해독제요?"

　마지막 이벤트가 독살과 관련된 것임을
암시하는 말이었다. 교수는 다시 한번

스노볼을 세차게 흔들었다가 가라앉을 때까지 침묵을 지켰다. 우울함 속에서도 오만한 자신감이 그의 눈빛에 잠깐 스쳤다.

"피리 부는 사나이의 결말을 알고 있니?"

나는 앞선 말이 마음에 걸려 대답할 타이밍을 놓쳤다. 스물세 번째 아내, 스물세 번째 아내…… 그렇다면 탈리아는 몇 번째 아내일까? 새로운 아내들을 데려오고 이곳의 사목을 도맡아 이끄는 그녀는?

"하멜른의 모든 아이들을 데리고 떠나는 여정에서 오직 한 아이만 따라가지 못하지. 그 아이는 절름발이기 때문이야. 다리를 절어 살아남았지만 평생 그 피리 소리를 그리워하게 되지. 하지만 살아남은 아이가 없다면 피리 소리도 전해질 수 없어."

교수는 내가 어리석은 쥐 떼들 가운데 신기하게도 진짜 종교인이 된 사람이라고,

내가 쓴 에세이를 봤다고 말했다. 그래서 나를 스파이로 선택했다는 것이다.

거절한다면?

그의 스물네 번째 아내가 되기 위한 '교정'이 시작될 것이고 두 번 다시 지상에 올라가지 못할 것이다. 운이 나쁘면 스스로 짠 양탄자에 둘둘 말려 공동묘지로 향할 수도 있었다.

협박을 듣고 고민하는 척했지만 내 진로는 정해져 있었다. 이상하리만큼 단호한 마음, 선명한 마음이 되었다. 살아남아야 했다. 내 것이 될 수 없는 루이사는 다른 자매들과 땅속에 남아 있는 편이 낫다. 탈출은 실패한 프로젝트이며 교수가 결심한 이상 지상으로 나가는 '마개'는 열리지 않는다. 모두 죽을 것이다. 살아남는 자는 탈리아와 나, 둘뿐일 것이다.

은화 30냥에 메시아를 넘긴 유다처럼
나는 해독제와 생존에 대한 새로운 목적을
부여받았다.

고개를 끄덕이자 교수는 비타민 앰플처럼
보이는 작은 병을 가지고 왔다. 하루에
한 번씩, 일정한 시간에 복용해두라면서
최소 일주일 이상은 지나야 효과가 있으니
오늘부터 빠지지 않고 먹으라고 했다.
약에서는 희미한 계피 향이 났다. 불현듯
엄마가 단 한 번 끓여주었던 생강차가
떠올랐다. 엄마가 덜 파괴되었을 때, 감기에
걸린 내게 배와 생강을 넣어 차를 끓여준
적이 있었다. 이런 순간에 잊고 있던 기억이
떠오르다니 놀라운 일이다.

나에게 해독제를 주던 손으로, 지금
교수는 독이 든 버섯을 우려낸 차를 한
잔씩 주고 있다. 강당에서 교수의 연설을

들을 때 우리는 항상 같은 차를 마셨다.

그러나 오늘은 특별한 버섯이 첨가되어 있을
것이다. 차 맛이 조금 짙어진 것을 제외하고
아무도 알아차리지 못할 테지만. 새로운
버섯은 혈관을 막아 숨 쉬기 어렵게 만드는
것이다. 그러나 속효성이 느려서 단번에
숨이 끊어지는 것은 아니다. 두 번째 버섯이
중추신경에 자비로운 환각을 지시할 것이고,
모두들 천국의 문 앞에서 만나게 될 것이다.

수행자들이 한 줄로 서서 교수의 축복
속에 독이 든 차를 받아 들었을 때, 친구들이
한둘씩 뒤로 빠져 달아나는 것이 보였다. 나도
그들을 따라 탈출로에 모였다.

우리가 도주로를 완성하는 동안 교수는
자신의 마지막 환상을 구현하고 있었다.
그는 2차 대전 막바지 히틀러의 벙커에서
벌어진 일들에 도취되어 있었다. 사냥개들을

모두 쏘아 죽이고, 동지들에게 시안화물이
든 알약을 나눠주고 오페라식 최후를
맞이하는 독재자의 마지막 모습을 재현했다.
다른 점이라면 독재자의 절망이 아니라
사이비 교주의 환상에서 기인한 장면이라는
것이었다. 모든 추종자를 살해한 교수는
우리에게 천천히 다가왔다.

　"너희들은 내 마지막 열매야."

　교수는 죽어가는 일에 너무 흥분한
나머지 나의 존재는 완전히 잊은 것 같았다.
아무런 경계심 없이 자매들 쪽으로 다가오는
그에게서는 달콤한 냄새가 풍겼다. 무언가를
가리고 은폐하기 위해 덧씌워진 향기, 남성용
오드콜로뉴에 정향과 사향이 뒤섞인 향기가
매혹적이면서도 음산했다. 교수는 손가락 두
개가 사라진 오른손 대신 왼손으로 유리병을
꺼냈다. 동시에 루이사가 삽날로 그를

내리쳤다.

"죽여!"

모두가 달려들어 그를 쓰러뜨렸다. 나는
마지막 해독제를 삼킨 후 쓰러진 그를 넘어
정신없이 내달렸다. 뒤에서 나를 부르는
루이사의 목소리가 들려왔지만 멈추지
않았다. 기침 섞인 쇳소리로 변한 그 목소리는
수십 년간 나의 악몽 속에서 재생될 것이다.
영원히 태엽이 되감기는 오르골처럼.

이 세상에 공짜는 없다. 내 목숨을
구하려면 다른 목숨을 내놓아야 한다.
그것이야말로 삶이 나에게 가르쳐준 유일한
교리, 내가 지켜야 할 교리였다. 경찰이 집단
매장지나 다름없는 캠프의 1층을 찾아냈을
때 내 의식은 희미해져가고 있었다. 유일한
생존자인 나는 들것에 실려 지상으로
옮겨졌다. 지하에 들어간 지 847일 만의

귀환이었다.

환속 수녀처럼 살다

이 세상에 공짜는 없다. 구조된 다음 나는
극성스러운 미디어로 인한 시달림을 피하기
위해 병원에 들어갔고 실어증을 진단받았다.
연기가 아니라 정말로 말이 나오지 않았는데,
음식도 들어가지 않았다. 환한 빛 속에서
내 몸은 기능장애를 일으켰다. 거식과 실어,
불안 발작에 시달리던 나는 암막 커튼으로
꽁꽁 막힌 어둠 속에서만 숨을 쉴 수 있었다.
의사의 권유로 시작한 글쓰기에서도 여전히
많은 것을 비밀로 했다. 그럼에도 내 글은
책으로 묶여 세상에 나왔고 호사가들의
관심을 끌었다.
교수의 바람과 달리 나는 '피리 부는

사나이'의 카리스마와 망상을 우스꽝스럽게 처리했다. 그러나 영화 판권을 팔아 다음 삶의 교두보를 마련할 만큼의 실리는 챙겼다.

마흔여덟 구의 주검에는 내 친구들이 포함되어 있지 않았다. 탈출로는 묻혀버렸고 다섯 친구들과 교수의 유해는 발굴되지 않은 채 사건이 영원히 종결되었다. 내 책의 어디에도 그들의 최후는 나오지 않는다.

최근에 탈리아의 부고를 들었다. 캠프의 검은돈을 모두 쥐고 있던 그녀는 마이애미의 고급 저택에 살다가 안달루시아로 건너가 말년을 보냈다. 탈리아의 저택은 지브롤터가 내려다보이는 전망에 우아한 해변 산책로가 이어졌다. 구글에 찾아보니 그 지역은 집시들의 동굴로도 유명했다. 그 즉시 탈리아의 '캠프'가 그려졌다. 그녀의 저택이 교수가 말한 '해변의 갈릴리'인지,

지하 어딘가에 새로운 캠프가 자라나고
있는지 알 수 없는 일이다. 그녀는 단 한 번도
유일한 생존자인 나에게 연락하지 않았고,
내 쪽에서도 그녀를 찾아가지 않았다. 이것은
각자의 삶을 건드리지 않겠다는 암묵적인
약속이라고 생각한다.

　이후로 나의 삶은 보속에 불과했다. 나는
신을 믿지 않지만 환속 수녀처럼 살아왔다.
사랑은커녕 우정도 내게는 어려웠다. 나는
살아남기 위해 내면의 많은 것을 파괴했고,
한평생 종교를 이용했다고 생각했지만
굴레처럼 씌워진 죄의식까지 떨쳐버리지는
못했다. 20대 초반 동굴 속에서 형성된 나의
자아는 그림자의 삶을 살기에만 적당했다.
나는 최소한의 노동으로 삶이라는 행정을
처리했다. 그리고 대부분의 시간을 틀어박혀
지냈다. 예수에게 유다는 동방박사나 헤롯

왕이나 빌라도처럼 신의 섭리에 따라 스쳐
간 조연에 불과하다. 그러나 유다는 예수를
잊을 수가 없다. 산송장이 제대로 된 송장이
될 때까지 영원히 예수에게 종속될 것이다.
어떻게 아냐고? 먼지 우물 속에서 하루 종일
내가 하는 짓이 그거니까. 죄를 되새기느라
새로운 삶을 살지 않는 것이 보속이니까. 우리
죄인들의 가장 달콤한 쾌락 말이다. 그러려면
시간을 되돌려야 한다. 동굴이 무너지기
전으로, 자매들이 쓰러지기 전으로, 그곳에서
혼자 걸어 나오던 내 발자국이 찍히기 전으로.
과거는 종종 미래에 가서야 진정한 의미를
드러낸다. 그 발자국들은 내 마음에 찍힌
낙인과도 같은 선명한 슬픔이다.

나는 침대 밑으로 들어가 시간을 보내는
것을 좋아한다. 침대 밑에는 포도송이 모양을
한 나만의 작은 동굴이 있다. 방 하나하나에

자책, 슬픔, 후회, 무기력, 애도가 담겨 있고 쪼그라든 머리를 가진 친구들이 인형처럼 누워 있다. 함께 양탄자를 짜고, 교수를 비웃고, 탈리아를 욕하고, 세계의 이곳저곳을 여행하는 꿈을 꾼다. 보통 사람들이 젊은 시절을 그리워하듯 나는 지하에서의 시간을 그리워한다. 관 속에 들어가기 전부터 죽음과 몸을 섞은 나는 침대 밑 동굴에서 평화와 충족의 감정을 맛본다. 마침내 내 인생의 알맹이라 할 만한 것을 그곳에서 얻은 셈이다. 빛도 없이, 어둠도 없이.

작가의 말

스물여덟에 첫 번째 배낭여행을 떠났다.
튀르키예와 이집트. 두 나라에 40일가량
머무르면서 모스크와 지중해와 사막과
피라미드와 나일강을 보았지만 무엇보다
신기한 건 먼 곳을 유랑하는 나 자신이었던
것 같다. 첫사랑, 첫 배낭여행, 이런 것들이
'글이라고는 통 쓰지 않았던 나의 습작기'를
강타한 변곡점이 아니었을까? 무의식
어딘가에서 나선형의 모기향처럼 피어오르는
그 리듬은 두고두고 언어의 옷을 입고

돌아오기 마련이니까.

튀르키예의 카파도키아 지역에서는
나흘 정도 머물렀다. 8층짜리 개미굴 같던
지하 도시 데린쿠유는 몇 세기에 걸쳐
온갖 도망자들의 은신처였고, 믿어지지
않는 규모와 깊이였다. 좁은 통로를
오르락내리락하며 사람들이 이래서
폐소공포증에 걸리나 보다 생각했던 기억이
남아 있다.

완전히 잊고 있던 기억이 왜 갑자기
불거졌는지는 요령부득하다. 소설은 언제나
느닷없는 곳에서 자기만의 회로를 만들고,
꿈과 수첩을 끌어당겨 돋아난다는 걸 이제는
알고 있다.

나는 언제나 환상, 공상, 몽상, 망상,
이런 것들에 끌린다. 보이는 세계 옆에
겹쳐진 보이지 않는 세계의 베일이 드리워진

곳에는 언제나 이야기의 이끼가 번성하기 마련이니까. 나는 너새니얼 호손의 어두운 꿈과 로맨스 소설을 사랑하고, 중독에 중독된 자들에게 매혹된다. 결핍이 만들어낸 강박의 구조, 그래서 더 멀리 이끌려 가는 모험은 나 같은 평범한 인간에게는 우주보다 아득하고 경이롭게 느껴진다.

《두더지 인간》은 흙 속에서 자라나는 '포도송이-굴'의 이미지로 시작했다. 자기 안으로 침잠하는 사람들에게 흔히들 굴 파고 들어간다는 표현을 쓰지 않나. 그 말을 은유가 아닌 상황으로 풀었더니 굴착의 즐거움과 고통이 기다리고 있었다. 마침표를 찍으면서 중얼거렸다. 나 역시 내 굴이 길어지기를, 어쩌면 영원히 이어지기를 바라고 있다고.

2024년 여름
김성중

김성중 작가 인터뷰

Q. 표지의 한 줄 문장처럼 주인공이 "굴이 길어지기를, 이 순간이 영원히 지속되기를" 바라는 장면은 환상 속에서 영원히 머무르고 싶다는 강렬한 바람이 잘 녹아 있어서 오랫동안 인상에 남았어요. 소설 속에서 특별히 공을 들이신 부분이 있다면 어디일까요?

A. 아무래도 굴 파는 장면이죠. 굴을 파는 것이 일종의 기도이자 수행이 되는데, 이 장면을 쓰면서 저도 해보고 싶다는 생각이 들더라고요. 21세기의 우리는 지나치게, 지겹게 '연결'되어 있잖아요. 모든 것을 끊어내고, 특히 스마트폰을 끊어내고 틀어박히고 싶은 충동을 원초적으로 표현하면 이런 모습이 아닐까 싶습니다. 거꾸로 자라는 종유석처럼 땅속으로 굴이 자라나는 이미지가 이 소설의 모티프였기 때문에 쓰는 내내 머릿속에서 반짝이고 있던 것 같아요.

Q. "거꾸로 자라는 종유석"의 이미지처럼, 《두더지 인간》은 스스로 땅속에 굴을 파고 내면 속 가장 깊은 어둠으로 침잠하기를 권하는 사이비 종교를 다루고 있어요. 일전에 작가님께서 종교에 끌리는 사람들의 마음이 흥미롭다고 하신 적이 있었는데요. 종교에 의탁하는 마음은 저마다 다를 것 같아요. 나의 모든 것을 이해해주는 절대자를 만나고픈 마음, 혹은 《두더지 인간》처럼 현실에 맞닿은 커뮤니티가 절실해서일 수도 있고요. 이 소설에서 종교가 매만질 수 있는 마음 중 어떤 것을 가장 부각하고 싶으셨나요?

A. 저는 가톨릭으로 자랐습니다. 수녀가 되고 싶을 만큼 종교에 깊이 빠진 시기가 있었고, 방학에는 매일 새벽 미사에 참여하고 '성체조배실'이란 곳에 가서 묵상을 하고

30분씩 성서를 읽던 시기가 있었어요. 그 공간은 작은 동굴 같았는데, 이 질문을 받고 갑자기 떠올랐어요. 미사포를 쓰고 미사를 드릴 때도 안에서는 온갖 공상으로 부풀었고, 성체조배실에서 이스라엘 민족의 고난사를 읽고 있을 때도 속으로는 딴생각을 많이 했던 것 같아요. 겉에는 종교라는 의례를 세워놓고 안에서는 유년기에서부터 시작한 온갖 상상이 펼쳐지는 것이죠. 참 이상하게도, '경건한' 종교 형식이야말로 안쪽의 상상을 더 농밀하고 신비롭게 만들었던 것 같습니다.

종교에 끌리는 마음에는 가장 근본적인 세계에 닿아보고 싶은 욕망이 있지 않나 싶습니다. 우리는 불완전한 존재이고, 이것에 대한 질문을 품고 발생한 것이 종교니까요. 물론 절대자에 의탁하고 싶거나, 교인들과 친교를 쌓으며 실익을 추구하는 사람도 있겠지만 모든 종교는 근본적인 질문을 품고 있다는 점에서 철학적이고 또 환상적입니다.

환상적인 사람들, 정확히는 '환상 속에 고립되는 사람들'은 언제나 제가 매혹되는 타입인데요. 이들은 '환상을 발명할 필요'가 있는 사람들이기도 합니다. 가난이나 폭력처럼 메울 수 없는 결여뿐만 아니라 부족한 애정이나 인정을 자기 힘으로 채울 수 없을 때, 어떤 이들은 자기만의 환상을 만들어 몰두하는 것 같아요.

제가 인간에게 경이를 느끼는 지점이 이것입니다. 어떤 인간도 텅 비어 있지 않아요. 빈자리를 폭력이든 중독이든 뭐로든 채워 넣습니다. 메울 수 없는 공허함을 가진 사람에게 '캠프'의 '교수' 같은 사람들이 나와서 어떤 '환상'을 제시해주면 채택하기가 쉬워지는 거지요.

사이비 종교를 소재로 삼았지만 제가 정말 들여다보고 싶던 것은 그런 사람 안에 뚫려 있는 터널 같은 마음이에요. 저는 주인공이 교수보다 훨씬 더 종교적인 인물이라고 생각합니다. 종교를 우습게 보고 생활 방편으로 여기며 살아왔는데, 이름도 없는 종교에 우연히 걸려들어 뜻밖에 자기 내부의 진실과 만나게 되는 역설적인 상황이 펼쳐지지요. 그녀가 겪은 것이 단순한 '환각 체험'은 아니라고 생각합니다. 이 세상에는 사이비 교주보다 훨씬 더 깊은 차원에서 종교 안으로 들어간 교도도 있을 거예요. 그 사람들을 어리석게만 보는 것은 쉬운 일입니다. 정말 궁금한 건 무엇이 그 사람을 건드렸는지, 무엇이 마음에서 벌어졌는지, 그다음에는 어떤 욕망을 품게 되는지…… 분량이 짧은 글이라 다 추적하기 벅찼던 것이 아쉬워요.

Q. 주인공이 스스로 '알'을 완성한 뒤 그곳에서 40일간 기도를 올리는 장면은 그리 짧지 않은 분량인데도 한달음에 읽힐 만큼 몰입도가 높았어요. 주인공이 거꾸로 땅에 박힌 듯한 세상을 점점 더 깊이 파고들어 안착하기까지의 과정이 일종의 "영적인 체험"을 나누는 듯도 하고, 쓸쓸하고 외로워 보이기도 하고, 아주 행복해 보이기도 했어요. 작가님께서 이 소설을 완성하시면서 가장 마음에 들었던 이야기나 장면은 무엇이었는지 들려주세요.

A. 이야기가 동굴 속으로 들어가니까 정말 신나더라고요. 우리가 눈만 감아도 보이는 어둠이 있고, 어둠에다 팔레트처럼 온갖 것을 풀어놓을 수 있잖아요. 불운한 주인공이 역설적인 해방을 맞는 시기이기도

합니다. 삶이라는 행정을 처리해야 하는 의무
하나 없이, 오로지 내부에만 집중할 수 있는
시기가 주인공을 다른 사람으로 만들어놓기를
바랐습니다. 주인공은 외롭고 피해의식이 큰
사람인데('피해'가 있는데 어떻게 '피해의식'이
안 생기겠어요?) 그렇게 누덕누덕한 자의식을
가지고 동굴에 들어가서 아예 다 찢어발기고,
원초적인 감정을 폭발시킬 수 있다면,
그다음에는 새로운 자의식이 생겨나지
않을까요? 덕분에 진정한 인간적 감정인
우정이나 사랑에도 끌리고, 소녀 그룹에서
하나가 되는 기쁨도 맞았을 것 같아요.

그렇지만 '살아남아야 한다'는 것이
평생 제1명령이었고, 새로 생겨난 감정에도
미숙해서 돌이킬 수 없는 배신을 저지르게
되는 것 같습니다. 지금 생각해보면 주인공이
진짜 원했던 건 '죄' 같아요. 평생 속죄하고

살아야 할 정도로 큰 죄. 자기 자신을
붙잡아놓을 수 있는 커다란 죄. 그것을
인생의 알맹이라고 생각하는 것 같아요.
저는 이 친구에게 무슨 짓을 한 걸까요? 조금
더 시간이 흐른 후에, 그가 자기 처벌적인
욕망을 소진한 다음에, 저에게 다른 종이가
허락된다면 이 친구를 침대 밑 동굴에서
해방시켜주고 싶은 마음이 듭니다.

한 조각의 문학, 위픽 wefic

이서수 《첫사랑이 언니에게 남긴 것》
이경희 《매듭 정리》
송경아 《무지개나래 반려동물 납골당》
현호정 《삼색도》
김 현 《고유한 형태》
이민진 《무칭》
김이환 《더 나은 인간》
안 담 《소녀는 따로 자란다》
조현아 《밥줄광대놀음》
김효인 《새로고침》
전혜진 《고르디우스의 매듭을 자르면》
김청귤 《제습기 다이어트》
최의택 《논터널링》
김유담 《스페이스 M》
전삼혜 《나름에게 가는 길》
최진영 《오로라》
이혁진 《단단하고 녹슬지 않는》
강화길 《영희와 제임스》
이문영 《루카스》
현찬양 《인현왕후의 회빙환을 위하여》
차현지 《다다른 날들》
김성중 《두더지 인간》

위픽은 위즈덤하우스의 단편소설 시리즈입니다.
'단 한 편의 이야기'를 깊게 호흡하는
특별한 경험을 선사합니다.

이 작은 조각이 당신의 세계를 넓혀줄
새로운 한 조각이 되기를.
작은 조각 하나하나가 모여
당신의 이야기가 되기를.

당신의 가슴에 깊이 새겨질
한 조각의 문학, 위픽

위픽 뉴스레터 구독하기
인스타그램 @wefic_book

- 55

두더지 인간

초판 1쇄 인쇄 2024년 6월 21일
초판 1쇄 발행 2024년 7월 10일

지은이 김성중
펴낸이 최순영

출판2 본부장 박태근
스토리 독자 팀장 김소연
편집 곽선희 김해지 이은정 조은혜
디자인 이세호

펴낸곳 ㈜위즈덤하우스   **출판등록** 2000년 5월 23일 제13-1071호
주소 서울특별시 마포구 양화로 19 합정오피스빌딩 17층
전화 02) 2179-5600   **홈페이지** www.wisdomhouse.co.kr

ⓒ 김성중, 2024

ISBN 979-11-7171-705-7 04810
     979-11-6812-700-5 (세트)

값 13,000원